DESAFINADO

© Isabel Villena Pérez

Primera edición, octubre 2024

Obra coordinada por
Opera Prima

C/Espejo, 10
28013, Madrid
Tels. 91 559 29 49 / 696 57 01 31

operaprima@operaprima.es
www.operaprima.es

Fotografía: Alfredo Cruz Herce
Maqueta: Irene Guillén M.

ISBN: 978-84-10244-30-6
Depósito Legal: M-23461-2024

Impreso en España

DESAFINADO

Clara Mourén
Isabel Villena

OP

Preámbulo

Este libro es un regalo, pero no porque sus ejemplares no estén a la venta.

Es un regalo porque un grupo de escritores aficionados nos acogieron un venturoso día con los brazos abiertos. Nuestros primeros testigos y cómplices en esta aventura de escribir. Algunos de ellos ya no están con nosotras, pero su generosidad ha seguido inspirando estas páginas: Daniel, Enrique, Javier, Alfredo, José Manuel, Ana María, Eutimio, Ana Tere, Juana, Julia, Juan, Luis, el otro Daniel, José y Susana.

Es el regalo de María, sin cuyo empuje entusiasta y desinteresado no habría sido posible la edición.

Es el regalo de Alfredo, que ha colaborado pacientemente en la revisión del texto.

Pero el regalo definitivo es el que tú nos haces, lector, cuando te detienes a leer estas páginas.

Madrid y O Carreiro, 2015-2024
Isabel y Clara

Recién pintado

Recién pintado está el barco,
colores de navegar;
vuela, vuela por la ría,
flecha recta hacia altamar.

Las gaviotas te persiguen,
te preludia el cormorán,
ojos claros se ensombrecen,
limpia estela queda atrás.

Blanco pañuelo se agita,
esperanza en el hogar:
vuelve, vuelve en este día,
las redes a rebosar.

Sustento del marinero,
frío, frío y humedad,
el miedo no me abandona,
tampoco la soledad.

Cambio peces por pan bueno,
cambio peces por buen pan,
temporal por viento fresco,
miseria por bienestar.

Es vida de marinero,
no pido felicidad,
tan solo un barco pintado,
de azules para soñar.

El olor de la culpa

Por el pueblo no pasaba el río. Había que adentrarse en el valle, alejándose de la carretera nueva que horadaba la montaña, y bajar por el desfiladero sorteando un campo de jara hasta divisar la vaguada por la que discurría el Glera. Un puente la salvaba o, más bien, una pasarela de cuerda trenzada en el punto más estrecho de la cañada, que se balanceaba vertiginosamente bajo el peso de un adulto. Dicen que los pastos de la otra ladera siempre son más verdes. Y además, estaba Ale, que vivía al otro lado de la cañada. Algo mayor que los otros chicos, espigado y curtido por las labores del campo, llegó a nosotros envuelto en una aureola de prestigio. «Lo ha dicho Ale», «pregúntale a Ale», «me lo enseñó Ale»... Pero los mayores advertían: «No os juntéis con ese chico», «no es compañía para vosotros».

Sin saber cómo, me descubrí buscando su aprobación, sus ojos perennemente entornados, aquella sonrisa que él escatimaba tanto y que cuando estallaba en su rostro moreno era como un rayo de sol rompiendo las nubes. Buscaba verlo a solas. Con mis escasos cuarenta kilos de carne adolescente, corría por la pasarela despreciando el vértigo. Debía de ser el final de la primavera, porque el olor a ládano de los campos de jara se quedaba prendido a mi falda durante días. Una mañana llevé conmigo un pequeño hatillo con algo de ropa y comida; en la cueva que era nuestro refugio, le pedí que nos fugásemos juntos. Me frenó con aquella sonrisa suya:

—Eres muy niña, no sabes lo que dices. No quiero hacerte daño.

Yo protestaba y argumentaba; él escuchaba sin ceder. De pronto se giró hacia fuera, hacia la maleza. A pesar de mi exaltación, alcancé a oír unos pasos agitados, demasiado fuertes para provenir de una perdiz o de una liebre.

Regresé a casa con el corazón encogido, aún antes de ser recibida por el silencio acusador de los mayores. Era ya tarde cuando mi padre se sentó a la mesa con el ceño fruncido y evitando mis ojos. Se desprendió de la vieja zamarra de caza; el comedor se inundó del penetrante olor a ládano.

A la mañana siguiente, alguien había cortado la pasarela. Ale se marchó del pueblo y no volví a saber de él. Por eso detesto la jara y su fragante aroma es para mí el olor de la culpa.

Envidia

Acepto que soy envidiosa. Siempre lo he sido. De pequeña, no podía soportar que hicieran carantoñas o alabaran a otro niño delante de mí. Muchas veces tuvieron que contenerme para evitar que tirase de los pelos o arañara a mi hermanita menor, más simpática y agraciada que yo. En la adolescencia y la primera juventud, aprendí a disimular esos sentimientos disfrazándolos de sana competencia: tenía que ser la mejor en matemáticas o en gimnasia, pero también la que se llevase al huerto al chico más popular. Mi mejor amiga, una chica estupenda de verdad, terminó por retirarme su confianza después de soportar pacientemente las muchas jugarretas que le obsequié para salirme con la mía.

He tenido varios trabajos, y sospecho que algunos los perdí en el instante en que mis jefes llegaron a percatarse de mis continuas maniobras. Y no es que no me esforzara, no. Al contrario, mi dedicación y entrega eran tales que no me permitían tener vida propia; lo malo es que tampoco aceptaba que la tuvieran mis compañeros, a algunos de los cuales acosé de manera intolerable.

Finalmente, y juro que no lo merecía, me casé con el chico dulce y formal que todas las madres sueñan para sus hijas. Nos fue bien durante un tiempo, hasta que a ese dechado de bondad le amargué la vida a golpe de recriminaciones, exigencias y caprichos. Me empeñé en transformarlo en alguien que no era, y con ello solo conseguí alejarlo de mí. Lo quise sofisticado, ambicioso, refinado y brillante en sociedad. Lo arrastré para practicar los deportes más a la última, asistir a los restaurantes más codiciados, viajar a los lugares de moda y visitar los comercios de lujo de cuantas ciudades se pusiesen a nuestro alcance. Yo no era consciente, pero lo que estaba modelando a mi antojo era un doble del novio esnob de mi amiga Celia, que por entonces me parecía el colmo de la perfección.

Un día los sorprendí a los tres: mi marido, Celia y el esnob de su novio charlando animadamente, en actitud distendida, riendo con complicidad mientras paladeaban unos *gin-tonics*. Pude reconocer aquella media sonrisa suya, aquella mirada de ternura y deseo que en otro tiempo me había seducido y que yo, con mis exigencias y críticas permanentes, había borrado de su semblante. Era como estar desterrada, muy lejos. Fue una conmoción. Desde entonces, insomne y ojerosa, me paseo como un autómata por estas habitaciones de diseño *high-tech* y acaricio sus tapicerías carísimas a la tenue luz de las lámparas *art déco* mientras planeo mi venganza. Queda por decidir la forma que tomará, y ahí reside la dificultad. Ahora, cuando miro a cualquiera de ellos, la vista se me nubla con el velo amarillo de la envidia y lo que me propongo es destruirnos a los cuatro, que no quede rastro de ellos, ni de esta inacabable miseria mía.

La habitación del fondo

La casa era grande. Tanto que cuando la ocupamos nos permitimos el lujo de dejar un cuarto sin usar: la habitación del fondo. Al principio vacía, sin un solo mueble, con el olor acre de las blancas paredes recién pintadas y el suelo de tarima encerado, me resultaba muy acogedora. Cuando los chicos eran pequeños, solía refugiarme allí en busca de un momento de sosiego, al resguardo de su algarabía, alegre o turbulenta según la circunstancia. Andrés me encontraba al final de la tarde, acurrucada junto al balcón, contemplando desde mi torre de silencio el deambular de la gente por la calle a esa hora ajetreada de vuelta del trabajo y compras presurosas.

Empecé a escribir, al principio pequeños relatos dispersos que encontraron buena acogida entre los amigos más cercanos, hasta el punto de que me atreví a emprender obras de mayor envergadura. Llegó el éxito y, durante el tiempo en que la sociedad literaria me fue benévola, la habitación del fondo seguía siendo un referente de libertad, un terreno virgen que me permitía trazar itinerarios a mi antojo. Yo, como Virginia Woolf, tenía una habitación propia.

Al crecer la familia fue necesario dar otro uso a mi querido refugio, de modo que lo amueblamos como dormitorio y estudio para los nietos. Lo que perdí en intimidad lo gané en compañía.

En una diáspora familiar como tantas otras, los miembros jóvenes del clan se han desperdigado por distintas ciudades. Yo añoraba la antigua vida en mi refugio casi monacal. Al poco de enviudar recuperé la vieja casa familiar con la esperanza de encontrar ese algo que siempre había anhelado, llámese paz, plenitud o felicidad, así que he vuelto a vaciar la habitación del fondo. Pintada de blanco, perfumada por la vieja tarima reluciente de cera, con un sencillo escritorio y un sillón giratorio como único mobiliario, se ofrece como el marco perfecto para inspirar la creatividad.

Pero, ¡ay!, las musas son volubles y esquivas y yo paso las horas ante la página en blanco, hasta que la angustia cubre como un velo cualquier otra sensación, asfixia todo resto de fantasía que los años hayan querido perdonar y me impulsa a arrimarme al balcón donde, acurrucada en el suelo, contemplo el ajetreo de la calle, que hace más ostensible mi inanidad.

Los sueños

Todas las noches se repiten. Con variaciones, pero siempre relacionados con la zona inferior de mi cuerpo. Lo que prevalece al despertar es un sentimiento angustioso de pérdida al que se superpone o antecede, de manera imprevisible, la sensación repelente de palpar algo viscoso y frío. El resto son retazos de escenas en tonos verdes y azules, que varían cada vez: no consigo encajar los pies, que me parecen enormes, en los zapatos que debo calzar para el baile de esa tarde; quedo paralizada de cintura para abajo mientras con los hombros y brazos intento dibujar los movimientos de una danza intensamente sensual; quiero correr para salvar a mi niño de un peligro, pero caigo al suelo como tullida, dando coletazos; en medio de una reunión de protocolo, alguien me tira del vestido rasgando la falda, que se abre revelando algo íntimo que me avergüenza.

Da igual que sea invierno o verano, que me acueste en un colchón mullido o me cubra con edredones de plumas. Es del todo indiferente que prescinda de la copa de vino con la que suelo acompañar la última comida del día o que haya cenado ligero, eso sí, siempre ateniéndome a mi dieta exenta de pescado o cualquier producto del mar. De nada sirve que en los últimos instantes de la jornada me deje arrullar por la música dulcísima del piano o acariciar por los dedos sabios de mi amado.

Al contrario, estos últimos días me he acostumbrado a rechazar tercamente los acordes del primero y las atenciones del segundo, pues alimento la perturbadora idea de que acrecientan mi mal. Encuentro mayor consuelo en el sonido de la flauta, de misteriosos ecos acuáticos, y en la soledad relajante a la que me abandono sumergida en mi gran bañera de nácar, regalo de un príncipe elector de la casa de mi esposo.

A la luz del día, paseando por los jardines de la mansión entre perfumes y brisas, parloteando con mis doncellas mientras bordamos o haciendo los honores a algún invitado ilustre, me distraigo de los tormentos nocturnos y logro apartar a un lado la añoranza de mis juegos infantiles, la llamada urgente que me viene de la casa de mi padre, la suavidad envolvente de aquel mundo sin voces ni aristas al que dije adiós para siempre.

Porque yo amo locamente a mi esposo o, debería decir, lo amaba. Se presentó con la nobleza de un príncipe a las puertas de la casa de mi padre y, para consternación de este, me robó el corazón. Yo era tan joven. Durante algunos años hemos gozado de una dicha completa, coronada por el nacimiento de nuestro primogénito, un precioso varón. Pero, ¡ay!, un día de festejos y en cierta compañía descubrí una mirada suya, unas palabras que no debiera haber pronunciado, y el hechizo se ha roto.

Ahora languidezco recluida durante horas en la soledad de mis aposentos. A la caída del sol me zambullo en la inmensa bañera de nácar, esperando que ocurra. Y ya no es solo un sueño, pues al cabo de un lapso de espera, que cada noche es más breve, contemplo extasiada la transformación: siento el frío imparable que comienza por los dedos de los pies, el tacto viscoso como de gelatina, el intenso olor a pescado; con parsimonia, acaricio las escamas de una cola perfecta, la meneo voluptuosamente y me abandono al abrazo del agua.

No pasa nada

Era el mes de julio. Yo tendría unos seis años. Pasábamos las vacaciones de verano con los tíos y primos en Baiona. No he conocido felicidad como aquella. Recuerdo la playa de arena blanca, finísima, los baños con el tío Ángel, con el que todos aprendimos a nadar. Me viene a la memoria, sobre todo, la luz cegadora del mediodía centelleando sobre el azul del mar. No conseguía apartar la mirada. Me quedaba allí durante horas, calentándome al sol, una delicia después del baño en aquellas aguas frías. Hasta que nos llamaban para ir a comer, los pequeños primero.

Al volver hacia casa era obligado recurrir a la ayuda del barquero Eugenio, que nos cruzaba hasta la playa en la que se bañaban los chiquillos del pueblo, los hijos de los marineros. Por entonces los adultos de la aldea no se bañaban en el mar, les inspiraba demasiado respeto. Aquella mañana, tan pronto como llegamos a la Playa de las Barcas vimos un rebullir de gente. Hombres y mujeres se afanaban alrededor de un cuerpo que se hallaba tumbado sobre una embarcación varada en la arena. En medio de un silencio lacerante, uno de los ancianos le golpeaba las plantas de los pies con una alpargata de esparto, sin que de aquel cuerpo saliese un quejido. Los pies me parecieron enormes…

Me acerqué como hechizada. Era un chiquillo algo mayor que yo, no pasaría de los diez años. Salvo por un escueto taparrabos, estaba totalmente desnudo. Pálido, los ojos cerrados, la frente llena de sudor. Por las comisuras de la boca le asomaba una espumilla blanca. Pero sacudía las piernas, de modo que no parecía un ahogado. Petrificada, pensé que aquellas personas mayores tenían que ser malvadas, porque un niño, por mal que se hubiese portado, no podía merecer un castigo tan cruel.

Alguien tiró de mí; oí, sin reconocerla, mi propia voz preguntando:

—Mamá, ¿qué ha hecho ese chico?

—Nada, hija. No pasa nada.

No me consta que en casa se hiciesen más comentarios, pero sí que a lo largo de muchas noches mi cerebro de niña repasó una y otra vez los detalles de aquel suceso, igual que una moviola, sin llegar a comprender su significado.

La vida tiene simetrías extravagantes. Años más tarde le diagnosticaron epilepsia al menor de mis hijos. Recuerdo el momento en que asistí a su primera crisis: el cuerpo convulso, la palidez y el sudor frío de su frente, la espuma que bañaba sus labios. Angustiada, le metí algo en la boca para que no se mordiese la lengua; alguien corrió a buscar ayuda médica; yo solo alcanzaba a darle palmadas en los pies mientras repetía como un mantra:

—Tranquilo, hijo, no pasa nada...

Al pie del cerezo

Cae la noche en la Estación Sur mientras espero el primer tren que pase en dirección a Nahore. El viento aúlla en mis oídos; se diría que arrastra consigo este torbellino de recuerdos, retazos del pasado y noticias del presente que me apesadumbran.

Lo he sabido esta misma mañana. Rocío está muerta y, al pensar que ya no la veré más, me viene a la mente la imagen de una estrella fugaz. Su presencia luminosa y serena, la única capaz de vincularme siquiera una pizca a aquella aldea polvorienta e inhóspita, se ha ido para siempre. Como si la tuviese delante, veo el ademán suave y al mismo tiempo firme con que calmaba al padre y al hermano enemistados, siempre en guerra por una cosa o por otra. Delante de ella Pedro, el joven colérico y brutal que a mí tanto miedo me inspiraba, optaba por callar, bajar la cabeza y apaciguarse. La veo caminar por la plaza con el delicado balanceo de un velero, el semblante esclarecido y levísimamente altivo, haciendo frente a las comadres ociosas y a sus chismes nunca bien intencionados. Rememoro el cerezo japonés de delicadas flores rosas que plantamos juntas en la parte trasera del jardín, como símbolo de valentía y vínculo de amistad. Sentadas bajo sus ramas de corteza roja sanguina compartimos confidencias; con su hablar sosegado, ella me hacía vislumbrar que era posible vivir otra vida, en otro mundo menos ruin. Bien sabíamos, no obstante, que debido a su corta duración la flor del cerezo o *sakura* también es una metáfora de la fugacidad de las cosas.

Comprendo ahora que, al seguir el consejo de Rocío, sin proponérmelo, la abandoné a su suerte. En cuanto me fue posible, salí huyendo de allí como quien escapa de una condena; cambié el pueblo por la gran ciudad. Un buen trabajo, amistades, viajes... Poco a poco me fui olvidando de la aldea.

Hasta que la notaría me hizo llegar un sobre que llevaba escrito mi nombre, misteriosamente aparecido al pie de nuestro amado cerezo. Así he sabido que Rocío cayó por las escaleras. Que la autopsia reveló un embarazo de dos meses, de paternidad difícil de atribuir. Y que en los últimos tiempos se habían agudizado las eternas rencillas acerca de las tierras.

Cae la noche en la estación. La luz crepuscular se confabula con el viento árido de este mes de agosto que no olvidaré mientras viva para envolverme como un abrigo antiguo, ajado y rancio. Oigo el familiar silbido y, mientras se acerca el tren que me llevará al lugar del que nunca debí partir, no puedo contener un escalofrío.

Bésame mucho

¡Qué guapo es! Tiene manos grandes y ágiles que hacen pensar en un pianista, aunque también podría ser cirujano o taxidermista, ¿quién sabe? Lo más extraordinario es su voz ronca y sensual, que me hizo enloquecer desde el momento en que la oí por primera vez.

Sin ser presentados, me abordó al salir del simposio de reumatología y ahora nos despedimos parados junto a la esquina de Baker Street con Dorset, en plena noche y nimbados por la luz pastosa de una farola, cuando le oigo canturrear en un español que, de inmediato, me trae a la memoria la versión de la italiana Mina:

—Bésame, bésame mucho...

Acerca su cara a la mía y, suavemente, empieza a besarme y luego a mordisquearme los labios, mientras con sus bellas manos me tira un poquito del pelo.

En este momento estoy embelesada, haría lo que él me pidiera. Restregando la nariz contra mi cuello, justo por debajo de la oreja, susurra: —¿*Kiss Me Deadly*? —Suena a lamento más que a interrogación. Acaba de identificar el perfume que me pongo todas las mañanas por costumbre desde de mis tiempos de aficionada al cine negro, y cuyo nombre es claro homenaje a una película de Robert Aldrich de 1955 que en mi país se llamó *El Beso Mortal*.

Por alguna misteriosa razón, la fragancia o el título de la película lo ahuyentan. Su boca dibuja una sonrisa irónica que no alcanza a enmascarar el gesto felino, huidizo, de cautela, y es entonces cuando me desea buenas noches en su perfecto inglés de Oxford. Unos segundos después, sola y aturdida en medio de la niebla londinense, sigo oyendo dentro de mi cabeza el repicar de la conocida melodía:

—... Como si fuera esta noche la última vez. Bésame, bésame mucho... —Todavía trastornada, consigo parar un taxi y regresar al hotel donde nos alojamos los colegas médicos que hemos viajado desde Madrid.

Regreso a mi ciudad y a la rutina. No llevo ni dos semanas de actividad cuando me palpo un bulto en el labio, que al principio tomo por un herpes especialmente virulento. Sin embargo, su feo aspecto y una fiebre muy alta despiertan las sospechas de mis colegas; pese a mi reticencia, me obligan a ceder una muestra para practicar un cultivo y a solicitar entretanto la baja. Resultado: un bacilo poco frecuente y de nombre impronunciable, que rara vez se encuentra en personas vivas, pues su medio natural son los cadáveres y tejidos en proceso de putrefacción. Recibo el informe por teléfono, entre confundida e incrédula, mientras guardo cama.

Para distraerme, mi hermana enciende el televisor. Hasta el dormitorio en penumbra llega la voz amortiguada del canal de 24 horas y mi cerebro, envuelto en delirios de fiebre, consigue captar retazos de noticias: Londres... mujeres asesinadas... perfil de las víctimas... profesionales de la medicina de origen español o hispano... acechadas a la salida de simposios y congresos... hallados despojos de los cuerpos en una vivienda próxima a Baker Street... *kiss me deadly*... como si fuera esta noche la última vez.

Cañones entre las flores

Conocí a mi profesor de piano uno de esos días grises de París, de cielo tan bajo y plomizo que sientes su opresión en el pecho como si te faltase el aire para respirar. No muy alto, de ojos pálidos y soñadores, la melena suave y desordenada del color del oro viejo, entró en el salón moviéndose con la elegancia de un cisne. Se presentó a mis padres con maneras exquisitas y, cuando se volvió hacia mí para saludarme con aquella sonrisa dulce y melancólica, entró la luz en el salón de casa y en ese instante supe que iba a adorar las clases de música.

En estos años, con regularidad matemática, nos ha visitado dos veces por semana para darnos lecciones a mi hermano y a mí. ¿Cómo podría explicarlo? De su mano aprendimos la riqueza de la armonía, la extensión de la resonancia, la variación de la dinámica. El toque *rubato*, el carácter *cantabile* de la melodía, la sensibilidad alucinada. Su paciencia para perdonar los errores involuntarios, pero su irritación ante la pereza o el descuido del alumno. Detestaba la vanidad del virtuosismo sin alma; en cambio, no cesaba de repetir: «ya te sabes las notas, ahora hay que darles expresión; la música que no expresa algo no merece la pena», o «domina la técnica, pero no te desvíes de la meta: alcanzar la sencillez». Nunca alentó la fuerza del sonido, sino la sutileza, el matiz, los contrastes, la marea que te lleva y te arrastra al éxtasis para después hundirte en una profunda melancolía, y de nuevo hacerte subir a la cima. *Como cañones entre las flores*, le gustaba citar.

Sabía sobreponerse con gallardía y discreción a las arremetidas siempre inoportunas de una enfermedad incurable y de recorrido incierto, y eso le confería prestigio a nuestros ojos. Había otro misterio, sin embargo. Como si arrastrase consigo una profunda pena de la que nunca hablaba y que había marcado su vida. Por debajo de su amabilidad cortés, a pesar de las frecuentes bromas y pantomimas con las que distendía nuestros ánimos al concluir las lecciones –era un consumado imitador y nos hacía reír con ello– se adivinaba una tristeza inconsolable, motivada tal vez por un desengaño sepultado en la memoria, pero tan intenso, tan demoledor, que todavía asomaba en cierta languidez de la mirada, en la postración del gesto, en la pesadumbre de un comentario. «La vida es una inmensa disonancia» se le escapó en medio de una explicación. Fue en una de nuestras últimas lecciones.

Valiéndome de un conjunto de teclas blancas y negras, todos los días me esmero tratando de introducir algo de orden en el ruido eterno que esa disonancia genera.

En su memoria.

Coné

En la aldea le llamaban Conesiño y, de manera espontánea, los chiquillos de la urbanización asociábamos su nombre con las características físicas del conejo. No era solo que el color zanahoria de su pelo nos recordase el alimento proverbial de esa especie. Unos incisivos demasiado prominentes hacían pensar que estaba bien dotado para roer y, en efecto, siempre lo veíamos masticando algo. Sacaba de los sucios bolsillos algún resto de galleta o un puñado de nueces y, dale que dale. No paraba.

—Conesiño, Coné, ¿no convidas? —nos gustaba provocarle. Pero él, generoso y cercano en cualquier otra circunstancia, en esta materia se mostraba inflexible.

—Quien quiera peces…

—¿Qué tendrán que ver los peces con las nueces? —le soltaba siempre alguno de nosotros. Y él, con un gesto de sorna dibujado en la boca, seguía masticando plácidamente su pequeño botín.

Al principio de la temporada, llegados los primeros veraneantes, Conesiño se acercaba a dar la bienvenida. De carácter risueño y servicial, se hacía querer por todos, y con frecuencia se le ayudaba a ganar unos cuartos encomendándole pequeñas chapuzas, como retirar la hojarasca del jardín o inflar las ruedas de una bicicleta. Un día mi madre decidió ascenderlo en la jerarquía laboral y le encargó pintar una alacena de la cocina. Desde el jardín, le oíamos silbar alegre, entregado a su labor. Transcurrido un tiempo razonable, entramos en la casa para ver si necesitaba algo: allí estaba el bueno de Coné, coloreando con esmero unos estantes que no se había preocupado de vaciar previamente; con gesto inspirado y en una especie de pirueta artística, rodeaba con la brocha de pintura la silueta de las jarras y botellas para pintar el fondo de la alacena. La primera reacción fue de horror a la vista del desastre. Apiadados, sin embargo, por el rostro ilusionado de nuestro amigo, optamos por ver el lado estético del asunto. El veredicto fue unánime: aquello era una muestra genuina de *pop art* y como tal, se respetó durante años, hasta que fue ineludible hacer una reforma en serio de la casa.

Conesiño fue un compañero de juegos leal y constante, al que los chicos más jóvenes buscábamos para amenizar nuestro ocio. Si un adulto venía a echarnos la bronca por algún desperfecto ocasionado durante una correría, él ofrecía invariablemente la misma excusa:

—Pero si no hicimos nada: amaneció así —y ante aquel argumento de orden cósmico, el adulto quedaba desconcertado y la reprimenda no iba más allá.

Solo años más tarde supimos el origen de su nombre, que no era un apodo como creíamos. Mi abuela nos contó la historia:

Llegado al mundo nuestro amigo, el padre, que siempre ha hablado en gallego y se entiende mal en castellano, acude a la parroquia para registrar y bautizar al niño recién nacido. El párroco le inquiere en la única lengua oficial de aquella época, propia del magno acontecimiento.

—A ver, Xan, ¿qué nombre quieres ponerle a tu hijo?

—*Aduardo, señor cura.*

—Será con e, hombre, será con e.

—*Perdone, señor cura; eu quero que se chame Aduardo, coma meu pai.*

—Sí, hombre, sí; pero te digo que será con e.

—*E logo, señor cura, chamarémolo Coné.*

Y así, en la familia pasaron a llamarle con el correspondiente diminutivo de Conesiño.

El mar

Yo voy ya para vieja, pero él no tiene edad. Su furia no conoce límites. Le he entregado un hermano y el mayor de mis hijos. Los devoró una madrugada de viento *nordés*, cuando volvían de faenar y la esbelta *dorna* enfiló la bocana que aquí llamamos *carreiro*, un estrecho paso para la navegación entre bajíos traicioneros que la vista más aguzada no consigue percibir bajo la niebla. Dicen que aquella noche la pesca había sido fructífera, pero la marejada que se levantó al amanecer impidió recuperar los restos de la embarcación.

El hijo que me queda se gana la vida como *percebeiro*, y ha de salir a buscar el preciado marisco en los días de temporal, exponiendo su vida a los embates del oleaje embravecido contra las rocas.

Ni siquiera en la casa nos liberamos de su presencia. Rezuma de las paredes, manchándolas con el sucio gris de un salitre que obliga a pintarlas todos los años. Esa salinidad del aire no da tregua: corrompe los alimentos, deteriora con rapidez las prendas de ropa y termina por oxidar todos los objetos metálicos que haya en la vivienda.

En las noches de insomnio lo sentimos aullar o ronronear según su capricho, y su voz primigenia nos trae resonancias antiguas, hablándonos de mundos de maravillas que no hemos vivido.

Su calma nos envuelve como la caricia más deseada. Las mañanas de viento *mareiro*, el benéfico, el que impulsa ágilmente las embarcaciones, el que es propicio y concede fortuna al pescador, es una gloria dejarse arrullar por el canturreo de las olas que lamen la arena.

Desde los riscos del lado de poniente podemos divisar algún velero que se mece plácidamente y más lejos, en la línea del horizonte, la silueta de los barcos que navegan rumbo a América, en busca quizá de una tierra más benévola. Veo a mis nietas jugar en la orilla recogiendo caracolas, desde lejos me llegan sus voces de júbilo moduladas por la brisa y, durante un breve instante, me siento reconciliada.

Él no nos necesita. Nosotros a él, sí. Al atardecer, concluida mi larga jornada, suelo sentarme en el promontorio donde muere el arenal y contemplar la belleza de la ría bajo esa luz crepuscular, de oro, sangre y violeta. Entonces se me ocurre que dentro de muchos años nosotros habremos desaparecido, pero él seguirá ahí, insondable y tenaz. Y ese pensamiento, el de una naturaleza orgullosa y triunfante, liberada al fin de nuestra especie, me infunde una paz inmensa como el mar.

Geometrías

Remetió las perneras del ceñido pantalón dentro de las botas, deslizó la cremallera de la cazadora de cuero y se ajustó el casco integral. Embutida en su uniforme de centauro, se sintió esbelta y poderosa. Con sus 110 caballos de potencia y sus 1300 cc de cilindrada, la BMW era su pasión. Le gustaba sentirla vibrar y solía demorarse un poco en escuchar el rugido del motor al arrancar. Pasó la mano izquierda por el metal ya caliente, soltó el embrague y aceleró a fondo con la derecha. Dócil y nerviosa como un purasangre, la máquina respondía a cada una de sus indicaciones.

La idea de un corcel entrenado le hizo sonreír. Le complacía verse como Don Quijote más que como Dulcinea. En sus numerosos viajes por carretera no había dudado en detenerse o desviar su ruta para prestar ayuda a algún conductor en apuros por causa de una avería, o echar una mano en caso de accidente. Recordó con nitidez la primera ocasión en que ella y su compañero de viaje auxiliaron a alguien, una mujer que viajaba sola y se había quedado sin gasolina, aterrorizada ante la disyuntiva de pasar la noche al sereno o caminar por aquella carretera solitaria en busca de la gasolinera más próxima. Fue tan sencillo como pasar algo de combustible al depósito del Ford, el suficiente para que pudiese recorrer la distancia hasta el surtidor más próximo.

Después de su divorcio había adquirido el hábito, primero, y la afición, después, de hacer largos viajes en solitario. Dejó de acudir a las concentraciones de moteros porque ya no encontraba en ellas el compañerismo ni la caballerosidad de los viejos tiempos, reemplazados ahora –en su opinión– por un excesivo amor a la velocidad y al riesgo.

Su mente ordenada de geómetra abandonó enseguida las ensoñaciones para concentrarse en la carretera. Esa mañana había caído una ligera llovizna y sobre el asfalto resplandecían aquí y allá manchas como espejos pulidos. La brisa le traía el aroma del espliego, destilado y concentrado por el calor que empezaba a acumularse en aquel tórrido día de julio.

Al principio no vio venir a los cuatro ciclistas. Aparecieron súbitamente, el más joven, casi un niño, dibujando con el manillar filigranas que lo obligaban a invadir el lado izquierdo de la calzada, quizá por el capricho de exhibir habilidades recién adquiridas. Los otros parecían charlar regocijados e inconscientes del peligro. Distinguió sus bultos menudos en un extremo del campo visual y, en el opuesto, la masa amenazante del camión articulado que venía de frente, de modo que ella pasó a ocupar el tercer vértice de un triángulo mortal; aún alcanzó a pensar en lo absurdo de aquella geometría mientras instintivamente daba un viraje para modificar la trayectoria, pero demasiado tarde. El camión embistió la moto como si fuese de papel y la mujer salió despedida hasta posarse sobre el quitamiedos de la mediana, con la columna doblada en un ángulo imposible y las piernas colgando como las de una marioneta. Cuando el conductor del tráiler se acercó, ya no pudo hacer nada para ayudarla.

Mermelada de naranja amarga

—Tienen que ser naranjas bordes, de Sevilla. Con otras no sale igual.

La mirada enigmática de Tita y esa media sonrisa suya, frunciendo solo un lado de la boca. Terminaba de remover al fuego la mezcla de aroma tentador. Luego la vertía en los tarros. Mi hermano y yo, desde muy pequeños, porfiábamos para allegar los restos del cazo con los dedos. ¡Qué delicia! No he conseguido recuperar nunca la intensidad de aquel sabor dulce y amargo a la vez.

Tita llegaba todos los años hacia finales de febrero, para pasar la primavera con nosotros. Con ella entraba en casa el perfume de las naranjas, que traía en sacos, algunas para obsequiar a familiares y conocidos; con el resto elaboraba la confitura para nuestro consumo. Ocupaba dos habitaciones con ventanas mirando al sur; en la que hacía las veces de sala de estar recibía visitas. A mí me gustaba ayudarla a poner la mesa de la merienda: el mantel bordado y almidonado con servilletas a juego, las tazas de té de porcelana inglesa, el cuenco para la mantequilla con su cuchillo especial… Todo era mágico. Ella, delgadísima y levemente encorvada, se movía ligera, alada, como si no fuese de este mundo. Había en la habitación un armario-alacena que a los niños nos atraía como la miel a las moscas. A veces, con el ir y venir de los preparativos, la puerta quedaba abierta y entonces, en la luminosa habitación de finales de invierno, un rayo de sol cruzaba el tarro de cristal tallado con su contenido cítrico y hacía dibujos de naranja y oro en el paño blanco que cubría el anaquel. Un día, en mi aturdido afán doméstico, dejé caer al suelo una bandeja más grande que yo con media docena de copas finas de Bohemia.

—¿Qué estrépito es ese? —la voz alarmada de mamá.

—Nada, que cada día estoy más torpe, con esta artritis mía. Menos mal que me ayuda la niña.

Mi naturaleza era tímida, nada inclinada a las confidencias. Pero Tita era especial. Al oírla llegar después de meses sin verla, no corría a saludarla con todos. Desde la distancia, aguardaba que cesasen los agasajos y las muestras de bienvenida. Ella me buscaba con la mirada, sin pronunciar mi nombre. Cuando, apaciguado el bullicio, se quedaba sola para deshacer el equipaje e instalarse, yo acudía como un rayo a su lado y la abrazaba hundiendo la nariz en su regazo. El olor tan familiar de su falda. Manos de algodón en mi pelo. Sonriendo y para hacerme rabiar un poco, me decía: —¡Ay, Tadea!, amor de niño, agua en cesto… —era un guiño. Yo reconocía las palabras que un día habíamos leído juntas en uno de sus libros, pero aun así el rubor me encendía.

Al caer la tarde, cansados de estudios y juegos, buscábamos refugio en su salita y ella, ovillada en su butaca de gastada cretona, contaba historias de tiempos antiguos y países lejanos. Siempre había alguna que tenía como motivo de fondo el origen asiático del naranjo amargo, que, contaba, trajeron a Europa los marinos genoveses allá por el siglo X. Otras veces inventaba personajes, aventureros o tripulantes de barcos escoceses que arribaban al río Tinto para suministrar carbón a las minas y volvían a zarpar rumbo a las islas del norte, llevando hierro y frutas en sus bodegas. Por fin, saciada nuestra curiosidad de oyentes, pero no nuestra glotonería de niños, dejábamos de pedirle relatos sabiendo que nos esperaba la despedida más anhelada antes de ir a la cama: un pedazo de pan con mermelada de naranja amarga.

Un golpe de suerte

Era una noche cerrada, la primera verdaderamente invernal desde que había llegado a la ciudad. ¡Qué mala estrella la mía, tener que viajar al norte en esas fechas y pernoctar en una localidad que detesto! Los raros transeúntes que todavía se arriesgaban a andar por las calles se guarecían levantando las solapas de los abrigos y, con las manos en los bolsillos, encogían los hombros y apretaban el paso. Silbaba el viento al enredarse por los rincones, mezquinamente alumbrados por unas farolas que denunciaban la precaria economía del ayuntamiento. El repicar de mis tacones me acompañaba.

No veía la hora de llegar al hotel. Al doblar una esquina, sentí unos pasos amortiguados detrás de mí, un eco arrítmico. Por el rabillo del ojo distinguí un hombre joven de aspecto amenazador. Caminaba derecho hacia mí, y pude darme cuenta de que una leve cojera era la causa de su andar disparejo. La capucha le cubría casi enteramente el rostro, pero no conseguía ocultar el mechón blanco que partía en dos su barba pelirroja. Me fijé en el ideograma celta que llevaba estampado en la sudadera. Apuré el paso, y me pareció que él hacía otro tanto. Presa del pánico, eché a correr hasta conseguir dejarlo atrás. Di gracias por su cojera.

Sin aliento y todavía medio aturdida, casi me di de bruces contra una pareja de mediana edad que venía en dirección contraria. Me saludaron amablemente. Luego de intercambiar algunas frases de cortesía y viendo mi agitación, se ofrecieron a acompañarme el resto del trayecto, dado que a esa hora no circulaban autobuses ni taxis por las calles. Respiré hondamente, agradecida por ese golpe de buena suerte. De camino, iniciamos una conversación cordial y salpicada de ironía acerca de cuestiones superficiales, que consiguió apaciguarme por completo.

... Desperté con la luz del amanecer, aterida de frío en medio de un descampado. Me dolían los costados como si me hubiesen dado una paliza. Lentamente, fui recordando lo sucedido. El agradable paseo nocturno, las luces del café, el ambiente de intimidad que nos había envuelto, las mesitas de velador que invitaban a sentarse, el sabor levemente amargo del combinado que tomé, la sonrisa demasiado afable de aquella mujer...

Advertí que me faltaban el bolso y el reloj. Maldije mi credulidad. Todavía tirada en el suelo de tierra, sentí detrás de mí unos pasos levemente arrítmicos; alguien me tendió una mano y una voz solícita me preguntó si estaba bien. A la rabia por el engaño del que había sido víctima se añadió un sentimiento de vergüenza pues, al alzar la mirada, mi aturdido cerebro reconoció el fulgor de una barba pelirroja y, estampado sobre una sudadera, un ideograma solar que interpreté, ahora sí, como un signo de buena suerte.

Una decisión

Se preparó con todo cuidado para la cena. No quería en su cara ni una señal de angustia o de resentimiento, así que se aplicó corrector de ojeras antes de extender minuciosamente el maquillaje con la esponjita, y el espejo pareció devolverle la imagen exacta de su madre en los buenos tiempos, cuando aún no la había vencido la depresión. Completó el efecto con un ligero toque de máscara de pestañas. Nada de color en los labios: dejaría marcas en la servilleta y eso no era propio de ella. El vestido, de color azul noche y manga japonesa, lo tenía elegido desde hacía días y ahora, al verlo planchado y extendido sobre la cama, le recordó las alas de un buitre. Fue como un presagio.

Continuó, no obstante, con el ritual hasta que estuvo perfectamente acicalada, sin un detalle que desentonase o mitigase el brillo del conjunto. Solo entonces se concedió unos minutos de reflexión antes de bajar al comedor. Sentada en el borde de la cama, respiró hondo tratando de infundirse valor. La primera Nochebuena que se reunía con toda la familia después de su traumático divorcio. Era consciente de que todos la observarían escrutando hasta el menor de sus gestos y, bajo las palabras amables y las sonrisas de circunstancias, asomarían inevitablemente las señales de lo que ella más detestaba: la lástima.

Temía sobre todo la mirada de su padre: sin palabras, se las arreglaría para recordarle que, a diferencia de su primogénita, la perfecta Sara, a ella la consideraba una inútil cuyo único cometido ahora sería buscar cobijo en la casa familiar para cuidar del padre anciano y autoritario hasta el fin de sus días. Eso la destruiría, como había destruido a su madre. Y naturalmente Sara, a quien el plan dispuesto por el padre le permitía entregarse sin remordimientos a la empresa familiar de la que se había enseñoreado, no movería un dedo en su defensa. Por eso era tan importante para ella aparecer esa noche radiante y segura, evitando transmitir la imagen de perdedora.

Unos toquecitos en la puerta la despertaron de su ensimismamiento. Al instante asomó la nariz su cuñado, ya trajeado y con pose a lo Cary Grant. Sintió ese estremecimiento íntimo que solía provocarle la belleza varonil, más cercano al síndrome de Stendhal que al deseo de la carne.

—Claudia, tesoro, ¿cómo estás? Aparte de preciosa, claro. Vengo a ofrecerte mi brazo para acompañarte al salón y hacer frente a la jauría.

Era un ofrecimiento ambiguo, entre la simpatía auténtica, de la que ella no dudaba, y el oportunismo del eterno seductor que ve una presa fácil y sin defensas en toda mujer recién separada. Se inclinó y la besó en la mejilla, demasiado cerca de la boca, demorándose un poco más de la cuenta en la caricia. La calidez del cuerpo masculino tan pegado al suyo, el conocido aroma a cuero y a metal, la mente entre algodones. Sin dudarlo, se apoyó en el brazo que él le tendía y, con el rostro arrebolado, empezó a bajar las escaleras. Había tomado una decisión.

Vértigo

Sonia no habría cumplido los nueve años cuando la llevé por primera vez a la silla del pico del Ávila. Disfrutamos de la subida. Yo admiraba su paso elástico e infatigable. Al asomarse al mirador con las mejillas encendidas y los ojos brillantes, ante el soberbio espectáculo que la naturaleza nos ofrecía, no pudo contener una exclamación:

—¡Qué vértigo!

—¡Ay! ¡Qué más quisiera yo que sentir de nuevo ese gusanillo, ese subidón de adrenalina! No hay nada comparable, créanme. Desde que tengo memoria, me veo subido al trapecio. He sido hijo, nieto y bisnieto de equilibristas; en mi familia no se cultivaba otra cosa que el espectáculo del vértigo.

La voz del anciano nos pilló desprevenidas. Encogido en un hueco de la peña, hasta aquel momento no habíamos advertido su presencia. Siguió hablando, y su voz sonaba ahora más animada, no parecía tan mayor.

—Un antepasado mío funambulista fue ayudante del gran Charles Blondin, el primer hombre en cruzar las cataratas del Niágara subido a un alambre. Aferrado a los hombros del maestro, era capaz de compartir con él una tortilla mientras evitaba mirar al vacío. Un par de generaciones después, mi bisabuelo introdujo en sus números la cuerda floja, variante más exigente que el alambre. Pero se estarán aburriendo ustedes con los recuerdos de este pobre viejo.

Negué con la cabeza, y mis ojos buscaron los suyos para animarle a seguir hablando. Sonia se había sentado junto a nosotros y por su gesto atento supe que tampoco quería dejar de escuchar.

—Al casarse mi abuelo con la heredera del Cirkus Atlantis, la actividad gimnástica del clan derivó hacia el trapecio, del que mi madre fue reina absoluta en su época. Trabajaba sin red, aun después de haber sufrido una caída que le fracturó el cráneo y la mantuvo en coma varias semanas. Ella me enseñó todo lo que sé. Restando importancia a sus dedos repetidamente operados por lesiones habituales en el oficio, me enseñó a ejercitar el cuerpo con tesón y disciplina, a buscar el eje central y asegurar la mente antes de soltar las manos para quedar suspendido de la barra. «El equilibrio está aquí» decía, tocándome las sienes. Por una sonrisa suya de aprobación, yo sufría sin queja las contusiones, las quemaduras de la cuerda en las axilas y el cansancio abrumador al final del día. Otras veces me consolaba: «El público aplaude lo espectacular, que no siempre es lo más difícil, pero eso no debe desalentarte».

El hombre hizo una pausa, suspiró y se llevó las manos a los ojos, como queriendo evitar una visión amenazadora.

—He visto morir a algunos. En las noches de abatimiento mi memoria reproduce la caída fatal de mi tío que, siendo un acróbata experimentado, se desplomó desde más de quince metros de altura. Durante unos segundos alucinados, el público pensó que aquello formaba parte de la función y siguió aplaudiendo, hasta que alguien empezó a gritar.

Permaneció un buen rato callado, y cuando reanudó la narración había en su voz tristeza y un gran cansancio.

—La vida nómada del circo crea un ambiente muy endogámico, en el que cada miembro de la familia colabora de un modo u otro en el espectáculo. En nuestra profesión, la confianza es fundamental; y esa fue la causa de mi declive. Desde meses atrás venía ejecutando con mi hermano un número muy aplaudido de acrobacias a dúo en la barra. Una tarde funesta, celoso porque lo había visto besar a la joven que yo adoraba secretamente, perdí el control del eje y descuidé la atención; fue solo un instante, pero bastó para que mis manos se deslizasen de las suyas y él cayese a la red. Esta paró el golpe, que no tuvo consecuencias físicas de gravedad. Yo, sin embargo, quedé tocado para siempre. Me retiré del trapecio.

Se levantó con dificultad y empezó a descender por el sendero con paso vacilante. Pero antes se despidió de nosotras con estas palabras:

—Todo aquello ocurrió hace muchos años. Hoy, ironías de la vida, sobrellevo con humillación este trastorno neurológico que ustedes han podido observar, este temblor incontrolable de mis manos, como recordatorio permanente de mi pecado.

Una nube perfecta

Apenas contaba él ocho años cuando golpeó a la familia la muerte de la hija pequeña. Rota por el dolor, la madre enloqueció y fue recluida en un psiquiátrico, donde fallecería varios años después. Quién sabe si sería este el origen de su profunda misoginia; temía a las mujeres y huía de ellas, a las que como mucho utilizaría sexualmente en el transcurso de su vida; reforzó el vínculo con la figura paterna hasta extremos rayanos en lo patológico.

Fue don Guillermo quien, con una intuición notable en un comerciante de escasa educación y medios limitados, descubrió las habilidades pictóricas del chico. Él le enseñó a elegir los mordientes adecuados y a encargar los pigmentos al tintorero de ultramar: púrpura de Tiro, lapislázuli, carmín de cochinilla, alizarina, añil, amarillo de Nápoles, naranja de cadmio, sienas y, más tardíamente, malva de Perkins.

El estudio del punto de fuga y el dominio de la proporción áurea no le supusieron dificultad alguna, y tampoco suscitaron entusiasmo en su mente despierta; su interés era otro. Al principio trabajaba en grisalla, trazando un dibujo en blanco y negro a relieve, como si fuese a lápiz, hasta que esta técnica dejó de tener secretos para él. Enseguida, el joven Billy destacó en el uso de la acuarela, y comenzó a exponer pequeñas obras en el negocio paterno. Generoso y perspicaz, don Guillermo prescindió de la ayuda del hijo en la fábrica de pelucas y lo envió a estudiar con un pintor de marinas, que habitaba un caserón con terreno cerca del gran río.

Allí se apoderó de él la fascinación por el celaje. Se levantaba al alba para recorrer los caminos que bordeaban el ancho estuario y embeber sus ojos de los matices que ofrecía el horizonte en aquella hora brumosa, infinitamente cambiante. Sin importarle el frío ni la humedad, las botas hundidas en el fango del estero, escudriñaba el cielo en busca de una meta siempre esquiva: encontrar la nube perfecta. Desentrañaba con arrobo cada destello, cada reverbero, cada fulgor que dibujaba la luz al atravesar aquellas masas de cristales de hielo que se le antojaban mágicas, siempre tornadizas, siempre misteriosas: a veces parecían estar hechas de fuego, otras de algodón o del velo más tenue y secreto.

Con paciencia y tesón, aprendió a hacer veladuras. Preparaba primero una base al temple. Difuminaba a continuación el óleo traslúcido, nunca opaco, que extendía minuciosamente con muñequilla o con pincel de abanico antes de aplicar la capa siguiente. Conseguía de este modo una transparencia y una profundidad que, con los años, serían la admiración de sus colegas de la Academia y le valdrían el sobrenombre de «pintor de la luz». Llegó a ser respetado y se ganó holgadamente la vida desarrollando el don que le había sido concedido.

Él, sin embargo, no estaba satisfecho. Todavía en sus años de posición afortunada y edad provecta sus paisanos podían verlo pasear a grandes zancadas por las tierras del estuario, la frente alzada al firmamento, los ojos achicados sondeando con ansia el milagro: la revelación de una nube perfecta.

¿Adónde vas?

Era un hombre de familia. De joven tuvo sus aventuras, es verdad, pero se casó enamorado y decidido a ser fiel a su esposa. Volcó en sus suegros el cariño que no podía ya dedicar a sus padres ausentes y los trató con respeto hasta que murieron. Fueron muchas las veces que acogió a cuñados y sobrinos políticos en casa, igual que si fuesen de su sangre. Procuró ser un buen padre, y ese propósito no sufrió ninguna merma cuando el menor de sus hijos nació con un síndrome degenerativo incurable. A ese niño le dedicó lo mejor de sus días.

Pertenecía a ese tipo de seres de escaso ingenio, pero de buena disposición, que viven suavemente sin hacer ruido, que cumplen sin quejarse los compromisos y las obligaciones con que la vida los va envolviendo hasta que un día, por algún motivo más o menos fortuito, las costuras de ese traje tan cuidadosamente confeccionado se rompen y todo se desmorona.

La muerte de su mujer lo sumió en una pesadumbre que se agravó con el alejamiento de la hija mayor, la que había sido sostén de la casa hasta ese momento. El cuidado de Mateo se convirtió en una carga demasiado pesada para llevarla él solo, así que hizo balance de sus ingresos y, devorado por los remordimientos, preparó los papeles para ingresarlo en un centro especializado. Al despedirse vio cómo, de pie en la puerta de la residencia, Mateo le decía adiós con la mano. En ese momento se le encogió el corazón, pero luego sintió un gran alivio.

Decidió hacer un viaje. En una bolsa de mano metió el cepillo de dientes, un par de mudas, un bañador y el viejo anorak de invierno. Tomó un taxi hasta el aeropuerto. Sentía el espíritu ligero, la mente fría y despejada, como un tahúr a punto de hacer su gran jugada. La apuesta era sacar billete en el primer avión que tuviese abierto el embarque de pasajeros para despegar, sin importar cual fuese el destino.

Tuvo tiempo de visitar un puñado de ciudades y alojarse en unos cuantos hoteles antes de conocer a Andrea, otro corazón errante de amapola marchita con la que compartió algunos momentos de ternura teñida de aflicción. Una tarde de alcohol y confidencias le reveló que vivía acosada por el recuerdo de un hijo que había dado en adopción siendo adolescente.

No consiguió dormir esa noche. Una y otra vez se le aparecía la imagen de su padre caminando resuelto con una maleta en la mano. Le preguntaba: «¿Adónde vas?» y él, mirándole con lástima infinita, respondía: «Vuelvo a casa, hijo».

Entraba algo de claridad por la ventana cuando tomó una decisión. Se levantó y vistió. Hizo el equipaje en silencio y, despacito para no despertar a Andrea, salió de la habitación del hotel.

Bonobo

Del otro lado del río Congo viven los trogloditas. Lo sabemos por los relatos de las ancianas y por el temor receloso de nuestros jefes a cruzar la corriente. Dicen que en otro tiempo fuimos la misma especie, y que hace apenas un millón de años se separaron nuestros linajes. Pero ellos son ruidosos y violentos, no respetan a los débiles y aprenden más despacio.

Nuestros rasgos son más finos. La frente ancha indica inteligencia. Somos esbeltos y elegantes, de piernas largas, y los más valientes se aventuran a caminar erguidos por la sabana alejándose más tiempo de los bosques húmedos, nuestra morada y refugio ancestral. De rasgos faciales bien diferenciados, sabemos gesticular con expresión, y todo ello nos permite individualizarnos y reconocernos cuando nos relacionamos dentro del grupo.

Estamos orgullosos de nuestra cultura matriarcal, igualitaria y pacífica. Los varones fuertes tienen una preponderancia tan solo simbólica. Aquí mandan ellas. Su atractivo no tiene igual entre las hembras de las restantes tribus del grupo Pan. Los labios rosados, las orejas pequeñas y los pechos prominentes favorecen el sexo cara a cara, además de otras prácticas y juegos que nos han dado fama de promiscuos. Y es verdad que en nuestro clan hemos aprendido a utilizar las relaciones sexuales para crear vínculos afectivos, resolver conflictos y paliar la agresividad, por eso las practicamos a menudo. Algunos creen que todas estas características nos llevarán lejos, que en un futuro nacerán de nuestra estirpe herederos hábiles y astutos que se extenderán por el Gran Valle, desde los lagos hasta las aguas rojas del norte.

Pero desde hace varias lunas una presencia nueva ha venido a inquietar nuestro sosiego. Son cazadores valientes, están mejor organizados, caminan erectos todo el tiempo y se ayudan agarrando con las manos objetos de formas desconocidas para nosotros. Hemos visto cómo un pequeño grupo derribaba y daba muerte a un leopardo limpiamente; luego, el más delgado y ágil de ellos desolló el cuerpo y, manejando con destreza una piedra afilada, lo cortó en pedazos sin echar a perder la piel, que arrancó entera. Durante todo ese tiempo, sus compañeros no dejaron de proferir gritos y sonidos raros, de cadencia extrañamente articulada. Llegaron de la sabana, se alimentan de carne, no buscan refugio en los árboles y tampoco se fijan en nuestras hembras. Lo que nos inspiran no es pavor, esa reacción inmediata ante una amenaza brutal, sino un desasosiego de naturaleza más sutil e indefinible. Las ancianas creen que su avidez insaciable será la causa de nuestro exterminio.

A mí me fascina su osadía, porque han dominado incluso al poder que quema, y lo someten a su voluntad avivándolo para darse calor y hacer más comestibles las piezas que se cobran y sofocándolo cuando no lo necesitan. Por la noche, me escabullo entre las ramas y me acerco sigilosamente a la hondonada en la que acampan para dormir. Oculto tras una roca, alcanzo a ver el resplandor de la luz que todo lo puede. Cuando están alegres, dejan salir de sus bocas sonidos tan dulces y acompasados como ningún bonobo había oído antes, y los acompañan con percusiones rítmicas de palos y piedras. Ellos lo llaman música, y yo, joven e ignorante como soy, intuyo que por cosas como esa llegarán a ser los amos de la tierra.

El grito

Las gaviotas chillan. El viento ulula. Los perros aúllan. El mar brama. Las personas gritan.

Me gusta venir a la casa de los cantiles. Aquí el silencio dura poco y casi siempre hay sonidos que me acompañan. Nunca hago las compras por encargo, no quiero curiosos merodeando alrededor. Un par de veces por semana me acerco al pueblo con la furgoneta para proveerme de víveres y es en esos viajes cuando aprovecho para recopilar la información que necesito. En el garaje hay herramientas sobradas para hacer frente a cualquier imprevisto doméstico, así que soy casi autosuficiente.

Si no fuera por el ruido.

Nunca sueño. Las noches son extrañamente plácidas. Lo malo llega con la luz del día. Tengo que sacarme de la cabeza estas ideas obsesivas, este rumor que me martillea las sienes desde dentro. A veces consigo calmarme cuando enfilo el sendero del acantilado y vuelvo a encontrar los sonidos balsámicos y puros de esta naturaleza salvaje, no contaminada por los recuerdos. El crujir de mis pisadas sobre la grava seca, el arrullo de la brisa de poniente que acaricia unas ramas, la espuma de las olas que lamen los farallones de granito. Me detengo para girarme y mirar hacia la casa, con su granero y sus huertos, y todo me parece muy pequeño, ordenado y manejable, como una casa de muñecas.

La chica está encerrada en el sótano. Esta es menos rubia que las otras. Su pelo tira a cobrizo y eso me hizo dudar al principio, pero la fragilidad de su sonrisa me convenció. Ella no sabe nada. Le he dado bien de comer, le he permitido asearse, incluso le he dejado música para que se distraiga. Es importante que esté desprevenida. Así, en el instante en que vea venir el golpe mortal y sus ojos reflejen esa mezcla única de sorpresa y espanto, su grito será más auténtico, más puro.

¿Ahora qué hago?

En el piso inmediatamente inferior al nuestro vivía un matrimonio parecido a tantos otros que pueblan este barrio conservador y católico: educados y de economía holgada, han criado media docena de hijos que poco a poco han ido abandonando el hogar paterno. Me caían simpáticos, sobre todo el marido, siempre tan atento a abrirte la puerta del ascensor y a pronunciar ese puñado de frases corteses inventadas para limar asperezas entre gentes prácticamente desconocidas y, sin embargo, obligadas a ocupar espacios comunes. Enseguida intuí que lo adornaba una bonhomía singular; esta cualidad de su carácter le permitió vivir con entereza los largos años en los que hubo de convivir con ese azote del hombre moderno que es el mal de Alzheimer, que aquejó primero a la suegra y enseguida, cuando esta murió y la pareja empezó a imaginar una vida más dulce, castigó duramente a la esposa.

La farmacopea moderna dispone de productos que consiguen ralentizar el desarrollo de la patología sin mejorar sus síntomas, con el resultado de que los años de muerte en vida se prolongan y también el sufrimiento, del enfermo y de los familiares. A los hijos se les hizo cada vez más difícil, y supongo que doloroso, acudir a visitar a una madre que ni siquiera los reconoce y que se muestra violenta con excesiva frecuencia. La holgura económica de la familia ha permitido que una sucesión de cuidadores se releven para atender y bañar a la enferma. En estos años, Balta –que así lo llamaba cariñosamente su mujer en los tiempos felices– salía a pasear aseado y garboso todos los días del año, vestido con traje y corbata pero prescindiendo del abrigo aun en pleno invierno, al uso de los señores de antes.

Hace unos meses dejé de encontrármelo en el portal. Esta primavera lo vi salir con paso vacilante, sostenido por un cuidador joven y fuerte. Adelgazado y con esa mirada demente que adquieren algunos ancianos, parecía una sombra de lo que fue.

Vivimos en un inmueble antiguo, de patios amplios y despejados. En el piso, el crujido de la vieja tarima te persigue como un espectro. Las habitaciones principales de la vivienda están orientadas al oeste, y durante las tardes del verano madrileño alcanzan una temperatura infernal que nos obliga a refugiarnos en el cuarto contiguo a la cocina, cuya ventana se asoma al patio del lado este; si corre algo de brisa, es un deleite sentarse a leer junto a la ventana abierta con la persiana medio entornada, lo bastante para crear una atmósfera de intimidad, pero sin impedir la lectura. A la hora perezosa de la siesta llegan hasta nosotros, amortiguados, los murmullos que delatan las rutinas domésticas de otras cocinas y las conversaciones somnolientas de los vecinos.

La otra mañana, un pregunta común y sencilla empezó a rebotar como un eco en los muros del patio:

—¿Ahora qué hago?, ¿ahora qué hago?, ¿ahora qué hago?

Sorprendida por el soniquete rítmico, me acerqué a la ventana. Siguió un diálogo entre la cuidadora y el anciano. La mujer respondía con una mezcla de cansancio y piedad:

—Nada, no haga nada, estese quieto. Tenga paciencia, voy a prepararle el desayuno. Mientras, lávese la cara.

....

—¿Así que ya está? A ver esa cara bien lavada.

....

—¿Ahora qué hago?, ¿ahora qué hago?

—Todo el día igual. Usted no tiene que hacer nada.

Sentí un pellizco en el estómago. Recordé los larguísimos años en los que aquel hombre, con la mente más lúcida que ahora, había asistido al derrumbe físico y moral de dos seres cercanos y había presenciado las dificultades que su cuidado ofrecía. Pensé en la exquisita cortesía que siempre lo había adornado y supuse que los restos de su ahora menguada memoria conservarían aún una impronta adquirida en la infancia y para siempre indeleble: el imperativo de ser servicial, de molestar lo menos posible.

El jardín de Ada

Ada ha perdido ya a sus padres cuando recibe una herencia inesperada de un pariente lejano emigrado a América. Forma parte del legado el viejo y ruinoso caserón de Fuensanta, que alza su mole a dos kilómetros de un pueblo manchego como tantos otros. Lleva años deshabitado. Para llegar a él se ha de tomar la antigua carretera de Hellín, más bien un camino estrecho de dirección única y sin asfaltar, sombreado por una bóveda de sicómoros.

Lo que la cautiva sobre todo es el jardín de estilo inglés, ahora invadido por la maleza, que todavía desprende aromas de otro tiempo más próspero. Nada más verlo, se apodera de ella una nostalgia inexplicable, para la que solo encuentra consuelo dedicándose con ardor a la tarea de reconstruir la propiedad. Aunque tiene conocimientos de jardinería, es mucho lo que hay que hacer y comprende que necesita ayuda. Indaga en el pueblo, habla con unos y con otros. Los lugareños le contestan al principio con reserva, como si hablar de la propiedad les incomodase; alguien alude a un suceso funesto y, entre dientes, masculla algo que suena a «miel loca». Por fin oye mencionar el nombre de un anciano jardinero de origen macedonio, retirado desde hace años, que trabajó en su juventud para los señores de la finca. Decide que ese es el hombre que busca. Tras una oferta generosa y no sin reticencia, Demetrius accede a colaborar en la transformación de la obra de su juventud.

Ada cuida los restos del jardín con manos fuertes y hábiles que acarician con mimo los pétalos de una flor, una rama, el vástago torcido que es preciso desmochar. Las mejillas sonrosadas, los ojos brillantes, es capaz de permanecer horas con la espalda doblada trabajando el terreno. Con mucho esfuerzo, va dando forma a la masa vegetal. Las espesuras enmarañadas ceden paso a la arquitectura disciplinada del jardín francés, con sus geometrías y topiarias de boj, aligustre y ciprés. Para conseguir el azul exacto de las hortensias aplica con dedicación a la tierra, abono nitrogenado, una mezcla que Demetrius le prepara según una receta de su país natal.

Se van disponiendo ordenadamente los arriates. Los rosales de damascena y centifolia sufren al principio un ataque de pulgones que Ada no consigue erradicar. Demetrius elabora otra de sus pócimas, un insecticida de efecto inmediato.

Consigue unos espléndidos macizos de azaleas de intensos tonos malvas, rosas y fucsias. Demetrius le trae una variedad amarilla rara, que él denomina *rosadella* y que la joven identifica como *Azalea pontica* en sus libros de botánica.

Ada está contenta. Su mayor orgullo es la pérgola de glicinias. Observa que en el trazado de los arcos se interponen unos brotes rebeldes de mirto y se apresura a erradicarlos. El anciano jardinero no llega a tiempo de evitarlo: al ver los mirtos arrancados, se aparta santiguándose con espanto, gesto que a ella le hace recordar vagamente una tradición balcánica relacionada con la diosa Afrodita. Ninguno de los dos se atreve a comentar lo sucedido, quizá por miedo a romper la armonía existente entre ellos hasta entonces. Pero es inevitable: su relación se resiente y en lo sucesivo él le hace caso a regañadientes, torciendo el gesto ante las iniciativas de la joven. No obstante, le sigue obsequiando tarros de miel de sus colmenas, una sustancia viscosa de color ambarino que ahora sabe incluso más dulce.

Los parterres de tulipanes empiezan a tomar color, el que las mejillas de Ada van perdiendo simultáneamente. Ella tiene menos suerte que sus flores: se marchita antes de la plenitud. Un día, cuando el diseño del jardín está concluido, pierde la conciencia y queda tirada en el suelo. Un vecino la encuentra allí y avisa al forense, que diagnostica muerte por parada cardíaca.

Cuentan las comadres del lugar que el viejo macedonio se esfumó de madrugada, llevándose consigo el secreto de sus pócimas.

Gracias

Eras una niña cuando te vi por primera vez, sentadita en un rincón del aula. Si me concentro mucho, algunas noches consigo ver con todo detalle tu carita luminosa de entonces. ¿Recuerdas? Mi curiosidad y ciertos estudios heterodoxos me habían llevado a coquetear con la química ensayando en mi propio organismo los efectos de diversas sustancias, tanto euforizantes como estupefacientes, con el resultado de convertirme en un desecho de persona. Tú me rescataste del caos. Me sostuviste durante las crisis de abstinencia, soportaste mis arrebatos de disforia y, en fin, aliviaste con paciencia amorosa todas las miserias físicas y morales que un proceso de deshabituación conlleva.

Reconocerlo me hace daño: seguí cometiendo errores. Muchos. Cuando me enrollé con tu mejor amiga, me impresionó la paciencia con la que supiste esperarme y, al desinflarse el globo de mi aventura, estar cerca para escucharme y perdonarme. Me aceptaste de nuevo a tu lado pese a que, sin confesárnoslo, los dos sentíamos que algo se había destruido para siempre. Dicen que la reconciliación después de una ruptura supone para los amantes una unión más sólida, reforzada por una comprensión más sensible y condimentada con el picante de un deseo renovado.

Dicen. Solo sé que en nuestra cama hacía más frío y que fue entonces cuando empecé a deslizarme por los caminos torcidos del remordimiento. Tal vez fuera esa la causa del accidente que te provocó el aborto del hijo que esperábamos y que me condenó a esta vida de vegetal. Yo conducía el coche, claro.

Poco a poco te recuperaste, diría incluso que te vi florecer, primero con asombro y después con fascinación. Se te ve más contenta, hay una chispa nueva en tus ojos y caminas con una gracia más femenina. Ahora que no puedo acompañarte a bailar, sales con amigos para divertirte en cafetines con música de jazz. A veces viajas sin mí. Escapadas cortas a hotelitos con encanto. Lo sé porque veo los folletos publicitarios que dejas despreocupadamente por la casa. Al principio eso me producía angustia y, al volver a casa, me encontrabas agitado e ingobernable.

Creo que por ese motivo estás variando tus costumbres. Hoy has venido acompañada. Has preparado cena y puesto la mesa para dos, después que la enfermera se ha ido dejándome limpio y acostado. Desde la cama articulada de mi cuarto oigo las risas, el tintineo de las copas y la música suave que amortigua otro sonido más íntimo, el de dos cuerpos que se buscan con ansia. Entonces me siento oscuramente reconfortado, acepto la penitencia que el orden del Universo me impone y, antes de dormirme, mi mente consigue darte las gracias que nunca pronunciaron mis labios.

La ventana

Por una ventana solemos mirar de dentro afuera. A través de ella nos abrimos al mundo exterior. El azul del cielo en una mañana radiante de primavera. El verdor de unos campos que se extienden más allá de lo que alcanza la vista. La lluvia que repiquetea en los cristales durante las tardes melancólicas del otoño.

A mí me gusta mirar de los cristales hacia dentro. Me parece un momento mágico esa hora de penumbra en la que empiezan a prenderse las luces de la ciudad y en las fachadas de los edificios, aquí y allá, se iluminan cuadros como lienzos que escenifican el bullir de otras vidas, con sus fatigas y afanes. La madre que prepara apresurada la cena. El abuelo que entretiene a los nietos sintiendo así cumplido su día. La joven que, al regresar cansada del trabajo, se concede un momento para asomarse a la calle con la mirada distraída, empañada quizá por el recuerdo de un amor que se fue o encendida por la promesa de uno nuevo.

El cuarto piso de la casa de enfrente estuvo largo tiempo vacío. Por eso fue un acontecimiento asistir recientemente a la descarga de un camión de mudanzas. Un día entero nos entretuvo el ajetreo del ir y venir de bultos; el momento culminante fue la subida del piano de cola, halado con cuerdas desde el balcón.

Como el piso de los nuevos vecinos está situado en la misma planta que el nuestro, desde mi despacho distingo con claridad la distribución de su sala de estar, con el piano delante de la ventana. Ante él empezó a sentarse todas las tardes un niño de unos ocho años, de cuerpo menudo y gracioso que hacía más incongruente la seriedad adusta de su rostro. Nunca se fijaba en las teclas ni en la partitura. Concentrado y formal, interpretaba piezas una tras otra sin dejar de dirigir la mirada hacia la calle. Los primeros días le hice gestos de simpatía, pero él no se mostró receptivo, de modo que me limité a disfrutar de los acordes que llegaban hasta mí por la ventana abierta mientras, sentada ante el escritorio, me ocupaba de mis asuntos.

Una mañana, cuando me disponía a entrar en casa cargada con las bolsas de la compra, lo vi salir apoyado en el brazo de un adulto y ayudándose de un bastón blanco. Al pasar junto a él reconocí la mirada vacía de los invidentes. El acompañante me saludó con cortesía y durante un momento intercambiamos comentarios banales acerca del barrio. Me hizo notar el cuidado con el que se mantienen los jardines de nuestro bloque de viviendas. El pequeño virtuoso escuchaba con desgana; su gesto adusto solo se suavizó cuando manifesté interés por la música y, de pasada, mencioné el nombre de Schumann.

Esa misma tarde volvió a ocupar el asiento ante el piano y con sus ágiles dedos desgranó un recital de romanzas encadenadas en una melodía dulcísima que me tuvo pegada al balcón durante horas. No sé, pero por un instante tuve la ilusión de que esta vez dirigía la vista hacia mi ventana y sonreía.

Campanas

El último día de agosto los habitantes de Fonsagrada dirigían la vista al cielo por encima del monte Argos. Si un cumulonimbo niquelado rompía el azul cobalto de la tarde, era la señal esperada y temida a la vez: había llegado el invierno para quedarse con ellos durante largos meses. Pero antes de que muchos se percatasen, la Fuencisla estaba ya lanzando sus lamentos de metal por todo el valle. Los quejosos tañidos procedentes de la ermita anunciaban que los fonsagradinos harían bien tapándose en adelante la boca y la nariz al caminar por las calles, pues de lo contrario se les congelaría la moquita impidiéndoles respirar. Y que de nada les valdría ahora dejar un vaso de agua sobre la mesilla de noche en previsión de nocturnos accesos de sed: en menos de una hora, el líquido del vaso se congelaría.

Pero nada de eso importaba el día de San Andrés. Tan señalada fecha se festejaba tradicionalmente en las tres poblaciones del Llano, con un concierto singular en el que las campanas emitían de manera sucesiva, ora en *adagio*, ora en *vivace*, las más complicadas combinaciones de tañidos y repiques, que se difundían por todo el valle y confundían el vuelo de las aves peregrinas.

En Bastabales rivalizaba el rumor melódico de la corriente del río con el allegro de la aleación metálica sustentada por la orgullosa torre románica de la iglesia. La

Belladona sonaba allí cantarina, con voz de soprano spinto. Su balanceo era también el más amplio, y el sacristán se complacía en llevarlo al límite cuando tocaba el Ángelus haciendo voltear la copa del esquilón.

Madrigal presumía de tener la iglesia más grande, que fuera en tiempos colegiata. Su enorme badajo de factura medieval golpeaba sin piedad las casi cien arrobas de bronce y, de paso, los oídos de los presentes emitiendo un orondo son de bajo. Se decía en el pueblo que, debido al mucho desgaste, dos veces había sido preciso refundir la Valquiria y era llegada la hora de jubilarla. Por eso ningún madrigaleño se extrañó de despertar aquel 30 de noviembre con un toque de alborada definitivamente apagado, despojado de colores. Se hizo llamar al maestro campanero, quien decretó la muerte por consunción del instrumento.

Aquel año, los habitantes del Llano dedicaron la festividad de San Andrés a la memoria de la muy ilustre y leal Valquiria que tanto había servido a la comarca; durante todo el día se dejó oír el doble de difuntos emitido por sus hermanas menores, y las cigüeñas le rindieron postrer homenaje batiendo sin cesar sus alas sobre el campanario vacío.

Mahora

La plaza de la iglesia donde vi por primera vez al hijo del cura, conocido y aceptado por todos en el pueblo. El pilón abrevadero para las mulas. Enfrente, la casona de mi abuela. Un zaguán, de nombre hermoso y resonancias moras. Detrás de la cocina dotada de un enorme hogar, un patio recorrido por una canaleta a la que vertían directamente las aguas menores y mayores del excusado. Consistía este en un agujero practicado en una pesada losa de piedra apoyada sobre dos traviesas. Y los gatos.

Una bodega de olor intenso a la que nunca me atreví a bajar, ni siquiera para satisfacer mi curiosidad de niña. El comedor, siempre a oscuras, donde brillaba la cristalería guardada en la alacena. Al otro lado del zaguán el cuarto de estar, con las butacas de cretona gastadísima, la vieja radio, el aparador repleto de revistas de cuando la guerra. Tantas historias, tantas heridas sin curar, que algunos llevaban escritas en la cara.

En el piso de arriba estaban las alcobas, cuyo ambiente recóndito y oscuro me hacía evocar ideas sensuales y vagamente pecaminosas. En ellas no había agua corriente, pero sí lavabo de madera con espejo, jarra y jofaina; al cerrar los ojos en la cama seguías viendo durante un rato los arabescos azules de aquella loza desportillada. Por las contraventanas mallorquinas se colaban franjas de luz, que me dejaron para siempre una querencia por los estampados a rayas. Desde la cama, bajo aquella claridad cebrada, escuchaba el pregón de los viernes.

En una de las alcobas, un baúl de aroma incierto contenía maravillas textiles: mantelerías, juegos de cama, blusas y chambras de encaje, camisones con bordados de tradición sefardí. Pasaba los dedos por las telas y me hablaban de una voluptuosidad que a mí me costaba relacionar con el cuerpo ajado y vencido de la abuela. Imaginaba entonces cómo habría sido de joven ella, y mi mente infantil se confundía y la representaba con el rostro bellísimo de Laura, la hija adorada que había muerto de tisis pocos días antes de celebrar su boda y cuyo retrato en un marco de plata era el único objeto que decoraba el aparador.

Lo mejor de la casa era el desván, que allí llamaban cámara. Diáfana y sin encalar, de sus vigas colgaban racimos de uvas pasificadas y ramilletes de espliego con las flores boca abajo. En largas mesas corridas descansaban melones y manzanas.

Y estaba la era. Los juegos por la tarde, cuando no había mies que aventar. Esa mezcla de efluvios de paja seca y el perfume dulzón que exhalan los excrementos de los animales herbívoros. Como masa de pan bueno. Me llegaba con el roce suave del viento incansable en el llano, mezclada con las voces de los chiquillos que jugaban a esa hora de luz dorada.

Pienso en Mahora como un territorio mágico para el despertar de los sentidos.

Manías íntimas

A ella le habían concedido por fin el premio Asteroide. Los allegados sabíamos cuántos hilos había tenido que mover, cuántas horas dedicadas a dar jabón en los sitios adecuados esgrimiendo toda su capacidad de persuasión.

A la ceremonia de entrega estábamos invitados un centenar de personas, distribuidas en mesas redondas: ella, al lado de su última conquista, y él, con sus amigos más cercanos. Se había elegido con cuidado la vajilla y la cubertería. La iluminación era un modelo de equilibrio perfecto, suave para favorecer un ambiente relajado, pero suficiente para distinguir con comodidad la comida en el plato.

En el cóctel que precedió a la cena, ella había paseado su triunfo entre los grupitos de admiradores, envuelta en un halo de perfume discreto pero inconfundible y obsequiándoles aquí y allá el cristal de su risa. Su atractivo había sido un imán, una obsesión erótica para los que componíamos el círculo de incondicionales del profesor. Su escolta del momento, un joven aspirante a escritor, la seguía con actitud de seguridad impostada, sabedor de que otros le habían precedido y muchos le sucederían en esa dignidad tan equívoca. Ella tuvo incluso la desfachatez de llevarlo junto al profesor para que este le aconsejara en la tesis que estaba preparando. No nos sorprendió la calma de él, la atención cortés que le prestó; incluso lo citó en su despacho para facilitarle más detalles que pudieran ayudarle en la investigación. Por lo que sabíamos, estaba acostumbrado a la impudicia de su mujer, y la aceptaba con estoicismo condimentado de fina ironía. Resultaba ciertamente admirable. A su lado, ella podía parecer una cortesana en declive, embadurnada de afeites y disimulando su angustia en una lucha obstinada para conservar su parcela de influencia.

No fue hasta bien avanzada la velada cuando él dio señales, primero de impacientarse y, luego, de perder totalmente el control. El detonante fue el discurso de aceptación del premio, cuando al mencionar los agradecimientos, con esa falta de delicadeza que a nadie extrañaba ya, ella omitió citar a su marido, la persona a quien le debía todo en materia literaria. En cambio, no tuvo escrúpulos para repartirlos al eterno rival del maestro, que años atrás le había arrebatado la cátedra de filología románica; a cierto alumno que, distanciándose del preceptor, había plagiado muchas de sus obras; o, en fin, a un colega que, desde la plataforma privilegiada de una influyente revista literaria, había desprestigiado con su crítica la obra cumbre del profesor, poniendo trabas a su divulgación.

Pero esos detalles los supimos más tarde, cuando él se recuperaba del infarto y ella, después de firmar sorprendida los documentos del divorcio, volaba rumbo a Nueva York en compañía de su editor huyendo de la tormenta mediática. Supimos así de las manías íntimas del maestro que, si bien toleraba con enigmática complacencia la infidelidad sexual, perseguía con celo inflexible la deslealtad académica.

El viento

Hace una semana exacta, enterramos las cenizas de mamá. Fue una ceremonia breve y sencilla, con los asistentes precisos: Irene, la tía Sara y yo. Destacándose contra las vides escarchadas, los cipreses del camposanto parecían cirios de Navidad. La tía Sara se aferraba a la urna como si temiese que alguien fuese a robársela, y tuve que susurrarle al oído para que aflojara los dedos y me permitiese depositarla en el pequeño nicho. Irene quiso recitar el poema de Juan Ramón que tanto le gustaba a ella, el que habla de un árbol verde, un pozo blanco y pájaros cantando; pero ningún pájaro cantaba en aquella mañana gélida. Fue ahí cuando rompí a llorar y ya no pude parar hasta hoy.

El padrino, todavía resentido después de tantos años sin dirigirnos la palabra por una amarga disputa, había tenido el cuajo de presentarse a visitar a la moribunda. Se sentó junto a la cabecera de la cama, hizo como que le tomaba el pulso a la enferma y, fingiendo indiferencia, dictaminó:

—Parece que no se va a morir hoy.

Desde entonces me oprime un sentimiento de cobardía por no haberlo echado de allí en aquel mismo instante. Bueno, eso y el latido regular de la lluvia innumerable, que ha caído sin tregua sobre los tejados, repicando en las canaletas y enlodando los caminos.

Tan pronto como Irene y la tía se marcharon, cambió el tiempo. Ahora deja sentir su rugido el viento trasmontano, cada vez con más furia. En la comarca todos saben que mientras el pico del Pombal quede cubierto por el oleaje, el nordés seguirá soplando, barrerá todo resto de nubes y teñirá el cielo de un añil intenso, pulido y reluciente como lapislázuli.

Abrí las ventanas de par en par. Enseguida sentí una ligereza en el pecho, como si el viento me tocase el corazón llevándose mis penas. Miré a mi alrededor: ni las viejas fotografías color sepia ni el olor de su cuarto me sujetan ya a la casa. Sin más equipaje que el anorak, salí, eché el cerrojo a la puerta por fuera y empecé a caminar con la cabeza descubierta y la cara al viento.

María Monroy

Los sueños se suceden cada noche para atormentarme en una rueda sin fin. Dado que ya no encuentro alivio en la confesión, el padre Matías me ha sugerido que los relate por escrito y eso me dispongo a hacer, tratando de ordenar mis confusos pensamientos, pues ya no distingo lo real de lo imaginario.

Me parece realidad que provengo de alta cuna y que, alcanzada la edad en que toda joven de mi linaje debe afrontar el dilema entre desposarse o aceptar la reclusión en un convento, me dejé persuadir por la galanura y el verbo florido del heredero de la casa Monroy. Algunas noches me veo tal como yo era entonces, de naturaleza tierna y sin experiencia, en aquellas tardes de primavera durante las cuales él supo cortejarme hasta vencer mi timidez.

En mis pesadillas revivo como si fuera ayer el escalofrío que me recorrió la espalda la primera vez que entré en aquella iglesia, anuncio de la tragedia que estaba destinada a vivir. Monroy, Manzano, Solís, Maldonado… Todos ellos apellidos ilustres, todos ellos linajes orgullosos y violentos, que con sus continuas trifulcas y luchas por hacerse con el poder de la villa tenían aterrorizada a la población salmantina. Mi esposo no era ajeno a estas rivalidades, que más de una vez agriaron su carácter. Debo precisar que aquella era la única sombra en un temperamento casi siempre luminoso.

Algunas noches vuelvo a ser la joven viuda que fui; vuelvo a sentir lo que sentí cuando dije adiós para siempre al placer del trato con los hombres y, recluida en mis aposentos, salvo para asistir a los oficios religiosos imprescindibles, me entregué a la crianza de mis dos hijos varones.

A menudo sueño con el aciago suceso que trajo consigo la desgracia de nuestra estirpe y mi condenación eterna. Sigo viendo con toda claridad el rostro desencajado de mi doncella que pronuncia las palabras de sentencia: «Señora, han dado muerte a sus hijos». Los senderos del corazón son oscuros. Me fijo absurdamente en el crujir de la seda veneciana de su vestido, pero lo que me fascina por su incoherencia es la dulzura que pone en su voz la desdichada, en un vano intento de aplicar bálsamo a una llaga que será para siempre incurable.

Un inocente juego de pelota, una disputa que se inicia amistosa y termina con violencia, el relámpago de una espada en la penumbra; una vida segada en la plenitud de su flor, la de mi niño casi adolescente... Si hasta aquí los detalles del sueño me llegan difuminados, lo que sigue me golpea con toda su vileza e ignominia; embozados en la oscuridad y a traición, los que se habían llamado sus amigos esperan a mi otro hijo, el sol de mi casa, y con cada estocada matan una y otra vez cualquier esperanza de expiación.

Me dicen que obré como exigía mi linaje. Viuda y sin otros familiares que me valiesen, no podía dejar impune aquella infamia, así que ordené dar caza a los traidores. Cuentan que, cuando el capitán de mi séquito me entregó sus cabezas todavía sangrantes, agarrándolas por los cabellos exclamé: «Ahora sí se ha hecho justicia». Pero nada de eso recuerdo. Lo que veo en esta noria inacabable de los sueños son los rostros de mis niños, carne de mi carne y sangre de mi sangre. Con expresión pálida y ausente, sus cabezas se balancean en un gesto de negación, como queriendo significar que mi atroz venganza no les ha servido de desagravio.

Algunas noches, en fin, me visita la otra madre: más joven que yo y también más femenina en el sentido convencional, de facciones dulces y aspecto modoso. Otra muerta en vida, a la que también le fueron arrebatados violentamente sus hijos. Ella sufre el escarnio de tener que contemplar sus semblantes balanceándose durante semanas ante el mausoleo de la casa enemiga. Me mira desde muy lejos y en sus ojos no veo odio, sino compasión, lo que acrecienta este suplicio mío.

Regalo de cumpleaños

Susana no recordaba la última vez que había sentido un orgasmo. El espejo le devolvía una imagen todavía apetecible: el vientre endurecido por una gimnasia regular; conservaba firmes los muslos y aquellas nalgas cuyos andares habían seducido a muchos; pero los pechos, pequeños y poco llamativos, guardaban siempre un aspecto infantil que la avergonzaba. Ella quería seguir amando a su marido y se esmeraba para atraerlo hacia sí por las noches. Él siempre tenía una excusa: redactar la conferencia del día siguiente, encontrarse demasiado cansado...

Preparó sola, como siempre, la fiesta de su cumpleaños. Aunque era ella la protagonista, invitaría sobre todo a los amigos y conocidos de Yago, elegiría los vinos y aperitivos de su predilección. Para comprar el vestido que estrenaría se dejó aconsejar por Elena, y aquel encuentro entre amigas se desarrolló como de costumbre: la dama desenvuelta, independiente, mundana, navegaba entre el afecto y la burla cuando le daba consejos para disfrutar de la vida. Le habló de cierto contacto, un hombre guapo y experimentado, hábil para satisfacer incluso a la mujer más anquilosada en cuestiones de sexo. Al despedirse, le pasó un papelito con un número de teléfono; Susana sintió que le quemaba en la mano y se apresuró a guardarlo en el fondo de un cajón.

La fiesta fue un éxito, nadie podía discutirle su pericia como anfitriona. Ella esperaba con ilusión el momento de acostarse, pues era costumbre que al menos esa noche tan especial su marido le dedicase alguna atención. En la cama, él empezó a besarla y de pronto se apartó para entregarle un sobre: «Todavía no has abierto el verdadero regalo». Sorprendida, Susana sacó del envoltorio una tarjeta. Un bono de prepago para una operación de mamoplastia en una prestigiosa clínica de cirugía estética. Quedó abatida. Ante sus preguntas de despecho, Yago se defendía:

—Varias veces te has quejado de que tienes las tetas pequeñas y caídas; pensé que te agradaría.

—También me he quejado de otras cosas: la lavadora pierde agua, hay goteras en el baño y no has hecho nada para remediarlo. Admite que este es un regalo para ti —nunca se había sentido tan humillada.

Días después, mientras se afanaba en una frenética limpieza de armarios con la esperanza de mitigar el recuerdo de aquella noche, encontró el papelito arrugado con el teléfono que le había dado su amiga. Decidió llamar.

Gianluca respondía a todas las expectativas. Alto, moreno y musculoso, se presentó con cortesía y se tomó tiempo para dirigirle unas palabras seductoras elogiando su buen gusto y el arte con que se había peinado. La abordó al principio con delicadeza, pero ante la pasividad indecisa de Susana, adoptó maneras más bruscas con la idea de excitarla. La tomó en brazos y la echó sobre la cama. Le arrancó la blusa con una mezcla de furia viril y sensualidad que despertó inmediatamente la libido femenina. Se concentró enseguida en la falda, mientras ella jadeaba ya de deseo. Fue al retirarle la ropa interior y contemplar el desvalido pecho desnudo cuando pronunció la frase letal:

—¿Nunca has pensado en ponerte pechos de silicona?

Respeto

Martes

Solo pido un poco de respeto. Bajo sus buenos modales y sonrisas hipócritas, mis vecinos esconden desprecio. Desconfían de mí porque vivo aislado sin más compañía que el Soro, y él ladra de noche cuando oye subir el ascensor. La peor es la viuda del entresuelo. No importa a qué hora saque al perro, ella siempre está como una centinela parada junto a la puerta entornada, husmeando. Se diría que el inmueble es suyo. Que se meta en sus asuntos la vieja bruja. A veces, por maldad y también por reír un poco, azuzo al Soro para que ladre justo al llegar a su rellano; si es por la mañana, el sobresalto de la mujer me carga de buen humor para sobrellevar el resto del día.

Miércoles

En el tercero vive una niña preciosa y risueña, una amapola entre escombros. Por una sonrisa suya estoy dispuesto a hacer lo que sea. Los otros no lo saben, pero gracias a la presencia de este ángel rubio se han librado más de una vez de la catástrofe. Al Soro también le gusta, la respeta y se deja manosear por ella sin enseñar los dientes. Bueno, eso en los ratos libres que le concede su ocupación favorita: dar caza a las palomas del patio.

Jueves

El asco que me inspiran esos bichos no me impide dedicar largas horas de mi ocioso tiempo a observarlos. El palomo viejo, de cuello hinchado y plumas deslucidas, me recuerda al profesor del segundo, que siempre pasa estirado como si se acabase de tragar un palo de escoba, sin dignarse saludar. La pareja de pichones en celo me hace pensar en la secretaria del ático, cuando recibe a su novio y los ruidos procedentes de su dormitorio me impiden conciliar el sueño. Hay uno más joven y tímido al que suelen hostigar los otros machos y que se aparta bajando la cabeza, igualito que el estudiante del primero cuando se cruza en el portal con los hinchas del Atleti que regresan enardecidos de un partido, transpirando esa mezcla tóxica de adrenalina y testosterona.

Viernes

Fui a la droguería y compré unos polvos para esparcirlos por los rincones del inmueble que frecuentan las palomas. De regreso, encontramos a nuestro ángel rubio jugando, sentadita en un rincón del patio. El Soro corrió a saludarla y demostró su alegría haciendo contorsiones en el suelo. Al verlos me dio pánico lo que pensaba hacer, y vertí el veneno por el desagüe.

Sábado

Lo único que me distrae es la lectura. Recorto noticias de prensa que me interesan, guardo suplementos dominicales, recibo todavía suscripciones relacionadas con mi antigua profesión: residuos de otra vida, vínculos con mis años activos que no me decido a cortar. No tiro nada de todo eso. Los papeles se acumulan en la sala y, al modo de un kéfir maligno, se propagan por el pasillo y el dormitorio. Para poder acostarme, tengo que retirarlos de la cama.

Domingo
Ni siquiera me acuesto, porque la música del piso de arriba me impide dormir de todas formas. Prefiero leer. Enciendo velas por toda la casa y me dejo envolver por su cálida luz, más compasiva que la eléctrica. Que se fastidien los otros si no les gusta.

Lunes
He dejado a Soro en el veterinario para que lo vacune. Cuando subía, la vieja del entresuelo estaba haciendo guardia para no variar y ha contestado a mi saludo rumiando una de sus quejas: algo relacionado con la basura o la ropa tendida. Apenas la escucho ya. A esta hora, el ser angelical del tercer piso no habrá regresado aún del colegio. Me aturde el canturreo de las palomas que llega desde el patio; veo sus excrementos en la ventana; acaricio la caja de cerillas que uso para encender las velas y pienso en un fuego purificador, que calcine toda esta mugre. Así aprenderán lo que es respeto.

Silencio

El año del tornado, Marcial el del Molino dejó de hablar. No hay constancia de ningún incidente traumático o desventura que lo explicase. Un día madrugó como de costumbre, dio de comer al perro y limpió la tolva y el cernedor preparándolos para recibir los costales de grano nuevo. Al mirar hacia fuera distinguió una nube que ocultaba los rayos de sol, todavía tímidos a esa hora temprana. Un presagio le hizo vacilar y apoyarse un momento en el quicio de la puerta. Cuando quiso llamar al perro para salir a recorrer las eras, ningún sonido salió de su garganta. Nadie volvería a oír su voz durante años.

Como seguía atendiendo sus obligaciones y tratando con consideración a los vecinos, todos en el pueblo acabaron por hacerse a la situación y dejaron de comentar lo sucedido. Su mujer se mantuvo a su lado como una buena esposa. Él se levantaba al alba para repasar las piezas del molino y verificar el engranaje. Molía y ensacaba la harina con más diligencia que nunca, teniendo en cuenta que ahora no perdía tiempo en cháchoras ni compadreos. Luego de un par de años de granizadas se sucedieron otros más bonancibles. La hacienda prosperó.

Por las tardes, rematada la faena diaria, a Marcial le gustaba pararse junto al río y allí se quedaba meditabundo, a veces sonriente. La cabeza ladeada, parecía escuchar con atención mientras contemplaba los reflejos de la luz en el agua o las ondulaciones de las carpas. Nadie, ni siquiera el cierzo indómito, osaba interrumpir sus meditaciones. Las tardes de brisa indulgente se sentaba bajo los olmos de la Extrema y entonces podía vérsele ensimismado, dejándose arrullar por el quejido de las frondas. Fue en aquellas ocasiones cuando creyó llegar a entender las conversaciones entre los mirlos.

Tuvieron que transcurrir muchas primaveras; una buena mañana, sin que se sepa tampoco la causa, Marcial volvió a articular palabras. Las primeras que le oyeron pronunciar fueron estas: «los oídos no tienen párpados».

Más tarde, si alguien le pedía razón de su larguísimo silencio, solía responder con enigmas filosóficos: «el silencio no existe» o «sobre lo que no se puede hablar, más vale callar».

Nada de esto pareció prodigioso a los lugareños, ni siquiera la circunstancia de que, cuando él recuperó el habla, su mujer tenía el cerebro aniquilado por el mal de Alzheimer y, si oyó su voz, Marcial nunca lo supo.

Transparencias

Darío Freire disfrutó de una educación liberal, sin escuelas, con profesor particular y libertad de horarios; desde niño se aficionó a hacer lo que llamaba orgullosamente observaciones de campo. Pasaba largas horas dedicado a la captura de escarabajos y orugas que luego introducía en cajas de zapatos, en tarros debajo de la cama o incluso en la bañera, con el consiguiente sobresalto de la parte femenina de la familia.

Fue en aquellas expediciones cuando conoció al que sería su primer colega de prácticas y maestro improvisado de ciencias naturales. Marcial vestía invariablemente atuendo de cazador, aunque jamás se le vio cazar; su verdadero interés consistía en pasear por la garriga de madrugada, silencioso como un hurón para no espantar a su presa, y observar el espectáculo de la naturaleza intacta. Solía decir que no es fácil diferenciar entre el ocaso y el alba solo por el aspecto del cielo; pero que, si bien se engañan los ojos, la piel no se equivoca cuando detecta el frío intenso y repentino del amanecer.

De su padre, Darío recibió dos legados que marcarían su vida: un microscopio y una cámara Leica compacta y ligera. Con la poderosa lente del primero consiguió desentrañar la diferencia entre una brillante y sedosa hebra de pelo adolescente color caoba y una cana cedida por la abuela. Aprendió a preparar extensiones rudimentarias de sangre y saliva. Más tarde, en muestras tomadas de regatos y charcas empezaría a distinguir los protozoos, amebas y rotíferos que pueblan los medios acuáticos y quedaría fascinado por ese mundo de lo diminuto.

Una mañana de abril, caminando entre arbustos con su Leica al hombro, advirtió que lo que parecía una ramita de color verde empezaba a moverse, y se detuvo a observar. Reconoció a la mantis religiosa hembra, que se dejaba cortejar por un macho considerablemente más pequeño que ella. Aún no había terminado el apareamiento cuando la hembra giró bruscamente la cabeza y empezó a devorar a su galán. Darío quedó perplejo, no tanto por la brutalidad del insecto como por el temple de su mano: el interés del naturalista anulaba toda repulsión ante la violencia del acto, y le dio tiempo a tomar una espléndida fotografía. Siguieron otras muchas; su curiosidad insaciable le llevó a interesarse un tiempo por las deyecciones de los animales, que fotografiaba y ordenaba luego en cajitas rotuladas con el nombre de la especie, seguido de la palabra latina *excreta*.

Cada viernes, con paso elástico y resuelto, el joven Freire se acercaba de buena mañana al puerto para tomar el transbordador público, que lo acercaría a la isla Grande. En las reuniones del Círculo de Biólogos empezó a proyectar sus transparencias, pedacitos de celuloide impresionados en pleno campo con medios rudimentarios, pero con resultados asombrosos, joyas documentales que le servían para ilustrar hallazgos o ideas novedosas y que, al darle celebridad, le ayudaron a mantener asidua correspondencia con colegas de todo el mundo.

Se había casado antes siquiera de bosquejar la obra de su vida, *Instantáneas de la Isla Árbora*, y en su esposa había encontrado la compañera leal y comprensiva que necesitaba. Solo al morir la hija de ambos a consecuencia de una septicemia mal tratada se abrió una brecha en la argamasa que cementaba el matrimonio. Ella encontró sosiego en la religión, mientras el naturalista se refugiaba en el hermetismo de una vida entregada obsesivamente a la ciencia.

Una tarde, mientras clasificaba las diapositivas reveladas el día anterior, llegaron a sus oídos los acordes de una pieza que interpretaba su mujer al piano. Reconoció un preludio de Bach, una melodía limpia y diáfana que aquellas manos familiares hacían sonar con fervor. Le pareció que un velo se descorría ante sus ojos: dejó las transparencias sobre la mesa y, despacito para no hacer ruido, buscó la otra claridad.

Un neceser azul

Circunstancias que no voy a detallar ahora me obligaron hace cosa de un año a permanecer ingresada en la cama de un hospital quirúrgico. Durante aquella estancia de tres semanas me fue dado asistir a las más conmovedoras demostraciones de amor que, en mi ya larga vida, he tenido ocasión de presenciar.

A mi habitación llegó una mujer custodiada por dos policías y en un estado de agresividad incontrolable. Hubo que esposarla a la cama contigua a la mía. De las conversaciones entre sus guardianes y el personal sanitario, de las preguntas que le hacían los médicos y que ella respondía con reticencia, deduje que estando en un centro penitenciario se había tragado un objeto punzante provocándose lesiones de gravedad en la mucosa digestiva. Era alborotadora y violenta: las enfermeras la temían. Observé que, en los raros momentos en que conseguía calmarse y relajar sus facciones, resultaba hermosa: los pómulos altos y los ojos achinados le daban un aire de exotismo.

La visitaba un hombre de aspecto tosco que contrastaba con sus maneras suaves. Según los momentos, hacía pensar en un gato ronroneante o en un tigre a punto de saltar sobre su presa. Sus ojos parecían contener todo el azul del cielo con una intensidad que solo he visto en algunos marineros del norte. Se dirigía a las enfermeras para formularles preguntas con una mezcla desconcertante de humildad y firmeza.

Llegaba todas las mañanas a las ocho en punto. Saludaba a la mujer con un tierno «hola, mi niña, ¿cómo has dormido?» que la mayoría de las veces quedaba sin respuesta audible, y se sentaba en la silla junto a la cama. Le tomaba la mano, le acariciaba las mejillas o la frente con suma delicadeza, como temiendo romperla. Ella dulcificaba el gesto. Su respiración se tornaba más profunda, y se mitigaba el esfuerzo irregular que hacía tan angustioso oírla durante la noche. El hombre solía traerle una flor, o un lazo para el pelo que le colocaba amorosamente, con sus manos grandes y curtidas por la intemperie. A veces, cuando ella dormitaba, le limpiaba la cara con toallitas que sacaba de un neceser azul.

Una mañana desperté de un estado de duermevela agitado por sueños intermitentes. La cama de al lado había quedado vacía. Sobre la silla, un neceser de piel azul destacaba incongruente en medio de aquella austera habitación de hospital. Me preparé para ofrecer mis condolencias al hombre que la visitaba, pero ya no volví a verlo.

Caballos

Los cimarrones corren por la vaguada, las crines al viento. Nada me produce mayor sensación de libertad que verlos correr así, salvajes y palpitantes de vida.

Siempre detengo el coche en el mismo lugar. Allí la carretera dibuja un recodo y se ensancha en un arcén bastante espacioso para maniobrar el vehículo y aparcar. Unas veinte zancadas me bastan entonces para alcanzar el alto del cerro, desde donde puedo contemplar a placer el galope de los caballos. Son hermosos en la época del celo, cuando los sementales ebrios de testosterona relinchan con furia disputándose las yeguas. Pero también durante la lactancia enternece contemplar la torpeza desvalida de los potrillos aún no destetados, que trotan siguiendo a la madre.

Aquella madrugada de junio me detuve muy temprano, lo recuerdo porque aún no se había levantado la niebla y bajo mis pies notaba la hierba mullida y rezumante como una esponja. Llegado al alto, me volví impulsada por la costumbre de comprobar que el coche seguía en su sitio y, al girarme de nuevo, lo vi. Aparentaba no tener más de veinte años, pero puede que fuese mayor: su delgadez le daba un aspecto casi infantil. Avanzaba por el vado, envuelto en jirones de niebla. Tendió el brazo hacia el macho alazán mientras le hablaba, o eso deduje porque el animal inclinó la cabeza y parecía escuchar. Lo irreal de la escena me dejó sin aliento. De un salto, el joven montó y se agarró a las crines del potro salvaje sin que ésta mostrase el menor recelo. Y lo vi cabalgar hasta que todo el valle se incendió con la luz rosada y violeta del alba. Entonces desmontó ágilmente, despidió a su montura con una palmada en el lomo y se escabulló entre los árboles del soto.

Fue entonces, por el modo en que dobló la cintura al despedirse del animal y se retiró después el pelo de la cara, cuando recordé a mi amigo de los últimos cursos del instituto. De él se decía que andaba con malas compañías y acabé por apartarlo de mí, pues su carácter imprevisible y ardiente me hacía sentir incómoda.

El recuerdo de aquel novio adolescente se me apareció transmutado en una especie de demiurgo primitivo, de Belerofonte cabalgando a Pegaso. Un pequeño dios, que me regalaba un momento sublime. Aquella mañana y muchas otras después he perseguido su rastro por los claros del soto y, con él, la huella de los años que se han ido.

El aura

Un disparo doble, una pausa y luego otro, como un soplido corto e intenso en cada ojo. El tren de un sofisticado instrumento óptico que se acerca y se retira velozmente; distingo algo que parece un paisaje, un campo verde, una casita roja al fondo y una figura que podría ser humana apoyada en una esquina. Lo veo nítido, de pronto todo está borroso y por fin nítido otra vez. —La graduación está estable y la presión ocular es normal, —me tranquiliza la voz suave de la doctora, y continúa explicando —Lo más probable es que esas ráfagas luminosas que ve cuando está tensa o cansada sean pródromos de una migraña, lo que llamamos aura; para descartar otras causas, vamos a comprobar que la retina está bien.

A continuación todo transcurre muy rápido, sin darme tiempo a reaccionar. Todavía estoy tratando de asimilar el significado de la palabra *aura*, que me hace pensar en la aurora de rosados dedos que cantaba Homero, cuando viene la enfermera y, sin una palabra de advertencia, me pone una gota de colirio en cada ojo. Un estallido de escozor me obliga a inclinar la cabeza y parpadear varias veces. —Es el cicloplégico, que pica un poco —la explicación llega tarde. Tras una breve espera me hacen pasar de nuevo al gabinete de exploración. Con docilidad, apoyo frente y mentón donde me indican. Ni siquiera noto el tacto frío del metal: una luz intensísima me deja ahora totalmente cegada.

Enseguida empiezo a distinguir formas, al principio borrosas, pero que al irse perfilando revelan una naturaleza ¿cómo lo diría?, más acústica que óptica. Parpadeo un par de veces y ya no tengo dudas: estoy viendo sonidos; ante mis ojos danzan y se cimbrean compases de tonalidades mayores y menores, sostenidos y bemoles, registros graves y agudos, y todo ello configura melodías seductoras que me imantan. Mi cerebro estupefacto no capta las palabras que me dirige la oftalmóloga, pero me da igual: me levanto y salgo a la calle siguiendo la melodía que veo con mis ojos. Por los oídos me entra un estímulo inesperado, el olor al alquitrán del asfalto que están reponiendo en la calle. Me hace toser. Al doblar la esquina casi tropiezo con una mujer joven que camina muy arreglada. Sé que el perfume que lleva es de gardenia porque hace vibrar con esas notas florales el tambor de mis tímpanos y los huesecillos de mi oído interno.

Me entran ganas de estornudar. Saco del bolsillo un pañuelo para sonarme y, al despejarme la nariz, penetra súbitamente por ella un torbellino de rojos, azules y amarillos; se diría que un prisma de cristal iluminado por el sol está proyectando los colores del espectro sobre la pituitaria de mis fosas nasales. Es todo tan fantástico que siento los pies alados, como si me deslizase por una pista de hielo. Entusiasmada, dibujo varios volatines con el cuerpo hasta caer de espaldas sobre una superficie extrañamente blanda y cálida, aunque no la palpo con la piel, sino con la lengua y la saliva.

—Se ha mareado un poquito, ahora se está recuperando. —Alguien me da golpecitos en las mejillas, pero esa voz engañosamente suave no me inspira ya ninguna confianza. Abro del todo los ojos, como puedo me enderezo, busco las gafas y, a trompicones consigo salir de la consulta guardando el equilibrio.

El mundo parece estar de nuevo en su sitio, y entonces mi hija, que aguardaba en la salita de espera, me mira intrigada:

—¿Estás bien? Tienes algo, no sé qué, un halo de luz que te rodea.

El otro lado del patio

En el piso enorme y destartalado, la niña de cuerpecillo frágil pasa largas horas de aburrimiento cuando alguna complicación respiratoria le impide asistir a la escuela. Por las tardes, sobre todo: no hay otros niños, la doncella ha salido a hacer recados y mamá aún no ha regresado de alguna de sus visitas. Con la frente apoyada en el cristal de la ventana, le gusta mirar el patio, su rincón preferido de la casa. Es íntimo y recoleto, y parece oscuro o luminoso según la hora y la estación.

En una ventana opuesta hay otra niña como ella, que la observa con idéntica atención y responde a sus gestos de saludo. Lleva también el pelo recogido hacia un lado, dejando caer algunos mechones sueltos sobre la frente. Pero a su amiga la envuelve una luz dorada que enciende su fantasía y le hace pensar en un mundo poblado de hadas y princesas. Pasan las horas, horas muertas de tardes lluviosas, y su gemela de la ventana es el único ser que no se cansa de su compañía. Ese pensamiento le da alas. Cada mañana se despierta alborozada porque sabe que la verá por la tarde; inventa cancioncillas para ella, hace dibujos que le enseña a través del cristal, y su amiga le responde mostrándole a su vez otro cuaderno cuyas figuras no consigue distinguir, pero que imagina coloridas y alegres.

Hoy ha venido el médico y la casa se ha llenado de esperanza. La enfermita parece responder por fin al tratamiento, la mejoría es notable, tanto que se le permite empezar a caminar un poco; podrá salir del piso, aunque por el momento no del edificio. Esa noche le vienen sueños extraños. Se levanta de la cama. Con dificultad y paciencia, se viste primorosa, igual que cuando salía de paseo con la abuela. Procurando no hacer ruido, sale al descansillo y se dirige a la puerta del otro apartamento, que cede a su empuje franqueándole el paso sin un crujido. No hay pérdida, conoce bien el camino y en un vuelo se halla en la habitación dorada que ahora, a la luz del alba, ha perdido calidez y le parece tan corriente como la suya. Hay un momento de confusión. Solo oye los latidos de su pecho cuando ve el enorme espejo situado ante la ventana, desde la cual contempla ahora su cuarto vacío y busca en su interior aquella niña igual que ella, con el pelo recogido hacia un lado y mechones sueltos que le caen sobre la frente.

La nieve es solo agua

Sandro era un niño que no había visto nunca la nieve. El día que cumplió diez años, su padre lo llamó al despacho, lo abrazó fuerte y le dijo:

—Eres un buen chico. Pronto te harás mayor y es hora de que conozcas la nieve. Prepárate, mañana viajaremos al norte.

Sintió un estremecimiento de placer amortiguado por la ansiedad, dado que su padre nunca lo había llevado con él en sus viajes.

Viajaron muchas horas en tren. Hasta después de comer no empezaron a divisar los neveros, al principio salpicados aquí y allá, y que luego se fueron extendiendo hasta formar un extenso manto blanco que deslumbraba al mirarlo y obligaba a guiñar los ojos. Todo, árboles, tejados, caminos, aparecía cubierto por aquella capa que, todavía desde la distancia, Sandro sentía espesa, mullida y suave. Era el paisaje más bello que había visto nunca y una gran serenidad se apoderó de él.

Al llegar a la estación de esquí, vio un grupo de niños que confeccionaban un muñeco gigante con aquella materia blanca. Miró interrogante a su padre, que asintió con la cabeza. Corrió a jugar con ellos.

En las manos desnudas sintió el tacto del frío que quema. Aprendió que el blanco puro no existe, pues está matizado por múltiples y cambiantes reflejos que le dan forma para que nuestros ojos lo vean. Conoció la alegría sin límite de revolcarse y caer una y otra vez en un abrazo algodonoso, sin impacto y sin ruido. Una cosa sí le extrañó: la nieve no tenía olor, y eso contribuyó a la sensación de estar viviendo un sueño.

Había una niña menuda, muy pálida, que tenía una sonrisa preciosa. Al despedirse, le regaló una bola amasada con sus manos, que parecía de cristal. Quiso conservarla y, nada más subir a la habitación del hotel para cambiarse, la depositó con cuidado en el poyete interior de la ventana.

Durante la cena, su padre le explicó que la nieve está formada por cristales de hielo que, al precipitar, se agrupan en copos. Pero sea cual sea la forma exterior del copo, su geometría interna siempre es hexagonal. Para que eso ocurra, añadió, es necesario que haga mucho frío. Sandro escuchaba arrobado, y la voz enérgica y viril del padre le llenaba de orgullo. La camarera estuvo muy simpática con él y le guiñó un ojo mientras le hacía repetir de su postre favorito, *mousse* de chocolate. Fugazmente deseó estar de vuelta en casa, por la emoción de contárselo todo a su hermana pequeña.

Sobreexcitado por las novedades, esa noche durmió poco. Al despertar corrió a la ventana. La bola de cristal se había derretido. Quiso decírselo a su padre y empujó precipitadamente la puerta que separaba las dos habitaciones contiguas. Le dio tiempo a ver el revuelo de una falda roja que se escabullía por la otra puerta y el gesto culpable de su padre. Recordó entonces la tristeza de mamá y pensó que, después de todo, la nieve es solo agua.

Penitencia

La ciudad se despierta hermoseada estas mañanas de abril en las que, perezosa y tímida, la primavera se ha presentado por fin. El cielo es un manto de luz; es bóveda protectora y a la vez transparencia de cristal que ensancha la perspectiva y deja entrever la inmensidad del cosmos. Me gusta pensar que, en ese aire diáfano, en el éter donde navegan las esferas, hay una parte de nosotros, moléculas que han pasado por nuestros pulmones, huellas de nuestros humanos afanes.

Como para subrayar el cambio que se ha impuesto en nuestras rutinas, la casa está ahora sigilosa. También la calle, habitualmente tan ajetreada, parecía tranquila cuando salimos a la mañana limpia y fresca. Ningún recadero o vehículo de reparto osaba importunar esa paz, ese sosiego tan propicio para la actividad fértil de la mente, y que también hace notar tu silencio con mayor intensidad.

Avanzada ya la mañana, despedimos a Vera junto a la boca de Metro. En el paseo que bordea el parque, las mesas de las terrazas empiezan a llenarse de gente, clientes alegres y ruidosos que beben cerveza y se estiran al sol. Fijé mi atención en una pareja de enamorados: el hombre, cincuentón, canoso y bien aseado; ella le acariciaba el pelo mientras le hablaba. Los imaginé acomodados, del tipo intelectual o artista, y supuse que proseguirían su ocio hasta la tarde paseando por el parque cercano, y continuarían después con la visita a un museo o teatro, tal vez a una conferencia seguida de copas y cena en un pequeño local romántico... Envidié la plenitud de su tiempo y la despreocupación de sus gestos. Deseé arrebatadamente revivir nuestros días de abundancia, antes del accidente, cuando dirigías con mano de hierro la compañía.

Yo era tan joven, ¿te acuerdas? La belleza y el poder se llevan bien. No supimos poner freno a nuestra codicia y pasamos por encima de muchos. Tú te creías en la conquista, yo alimentaba tus triunfos con el reclamo de un amor voluptuoso. Mi ambición sin escrúpulos fue la palanca que te impulsó a lo más alto. Cerré los ojos y me esforcé por recordar la frente altiva, la nariz de indiano, la boca ardiente que me enseñó a besar, por sentir el gesto de posesión de tus dedos sobre mi pelo. La penitencia es un sacramento difícil. Para obtener el perdón no basta con sufrir el castigo. Hace falta remordimiento.

Se ha hecho tarde. Sentada en el banco, me inclino hacia tu asiento para limpiarte los restos de puré de la boca. Lo hago con ternura, pues veo tus ojos de perro herido, la perenne humedad que hay en ellos y que delata las lágrimas que solo puedes llorar por dentro.

Me levanto estirando los brazos para desentumecerme bajo el tibio sol que nos envuelve. Te ajusto la manta sobre las rodillas y, con la calma de quien no espera ya nada que mude la costumbre, me dispongo a empujar la silla de ruedas.

Un ondular de navío

La mujer de Antonio camina así. Ahí empezó todo, señoría. Con ese ondular de navío majestuoso que abandona el puerto, con las velas desplegadas, siguiendo un ritmo perezoso y lento. Mientras se aleja, gira la cabeza con un mohín que es un poco de niña, otro poco de mujer.

Dan ganas de acariciar despacito esa melena de rizos oscuros que sujeta con un recogido improvisado mientras atiende al público. Cuando te mira, sus ojos acuáticos, misteriosos, te quieren arrastrar a un mundo sumergido lleno de maravillas.

Abría todos los días la perfumería veinte minutos antes de la hora. Tan pronto como la veía, abandonaba unos instantes mi puesto y corría a acercarle el periódico, que leería durante el descanso del desayuno, después de que hubiese llegado su marido.

Desde mi quiosco de prensa, me gustaba verla barrer el pedacito de acera que da paso a la tienda; luego, con parsimonia, limpiaba el polvo de los anaqueles repletos de frascos y redomas, de formas y colores que hacían soñar a un pobre chico de barrio como yo. Mi mayor satisfacción era ayudarla a bajar el cierre metálico del local cuando se iba para casa.

Pero no quiero enrollarme, señoría, ya voy a los hechos. En primavera, Antonio se ausentó unas semanas, y su mujer empezó a variar de costumbres. Se retrasaba al abrir el negocio. Se le notaba, no sé, algo animal en los movimientos. Lo más bonito fue el cambio del cabello, que ahora se dejaba suelto; a mí me parecía encantador el gesto con el que se lo retiraba de la cara mientras daba explicaciones a alguna clienta.

No tardé mucho en comprender: un joven empezó a esperarla los sábados a la hora de cerrar, arruinando con ello mi momento favorito del día. Al tipo lo conocía, me lo había cruzado alguna vez por mi calle y sabía dónde vivía. Y yo no podía dejar de pensar en aquel ondular de navío que abandona el puerto, con su ritmo perezoso y lento. Así que hice lo que hice para castigar al seductor.

Mi abogado me dice que ella ha vuelto a sus viejos hábitos de puntualidad y orden. Pero que en sus ojos oceánicos es ahora más profunda la negrura. Por eso, señor juez, ninguna sentencia será comparable a esta condena que arrastro. Sepa usted que no me movieron los celos: yo amo sin esperanza.

Repostería

La afición a la repostería me viene de niño. En el obrador de los abuelos aprendí pronto a batir y amasar; más tarde se me revelaron los secretos de la gelatina, el caramelo y la *mousse*. Tras unos años de escuela, empecé a trabajar como repostero en un restaurante. El chef es un hombre brillante, enamorado de su profesión. Su entusiasmo nos contagia, nos acuna y nos empuja en los momentos cruciales del comedor, cuando hay que atender una sala llena de personas hambrientas y todo tiene que marchar sincronizado como el mecanismo de un reloj; pero su nivel de exigencia ha quebrantado a muchos.

El fin de semana pasado sorprendió a todo el equipo invitándonos a cenar en su casa. Allí le vimos cocinar algo más relajado, pero sin perder ese ímpetu arrollador con el que elige ingredientes, mide tiempos, mezcla condimentos y decora un plato con el mismo arte que si estuviese pintando un bodegón. Había descorchado unas botellas, y los invitados bebíamos y charlábamos observando su buen oficio; alguno incluso se atrevió a ofrecerle ayuda.

Servía la mesa y nos hacía los honores su mujer, una joven belleza ucraniana de pómulos altos y pelo de lino, tímida y melancólica. Habla mal nuestra lengua. Pese a haber cursado sólidos estudios de orquestación en la Academia de Música Chaikovski, de Kiev, en nuestro país no ha conseguido contrato fijo y se gana la vida dando clases de chelo. Me llamó la atención la cantidad de comida que pudo engullir: repitió de cada plato, aunque siempre la incitó a ello su exuberante marido, insistiendo de una forma casi fastidiosa hasta que ella cedía y se servía de nuevo. Resultaba chocante, porque a ella se la veía algo entrada en carnes y no parecía que necesitase sobrealimentarse.

Por la noche tuve un sueño agitado. Veía al hombre exigente, autoritario, triunfador; luego observaba a la joven dulce y callada, viviendo en un país que no valoraba su formación y cuya lengua conoce mal, sin amigos ni familiares. En el mismo sueño, nos sentábamos los tres a la mesa. Mi plato estaba vacío. Ella, en cambio, deglutía sin oponer resistencia los bocados que le ofrecía el gran *chef*, y su figura ya no era rellenita sino francamente obesa; aquella tersa piel de eslava relucía y, de pronto, se convertía en la costra crujiente de un cochinillo asado. Desperté sintiendo una gran ola de lástima que se extendió contaminando mi vida entera.

En el momento del desayuno, no pude probar bocado. Al abrir la nevera para sacar la leche y la mermelada, allí estaba el cuarto de pollo que tenía reservado para preparar un caldo, mirándome con resignación; me pareció un muñón humano, y la náusea me obligó a cerrar de golpe la puerta del frigo y correr al baño.

Me presenté a trabajar de todos modos, aunque me sentía aturdido. En el cuarto frío todo estaba confuso, veía las piezas que iba trayendo el oficial carnicero y me venía la idea de una morgue llena de restos humanos. Hace un rato tomé el batidor de varillas para montar unas claras y, cuando quise darme cuenta, estaba dando golpes al gorro del aprendiz, que me gritaba no sé qué. Para escapar del revuelo que se formó y como me sentía febril, he venido a refugiarme en la cámara de congelación. La puerta se ha cerrado con fuerza detrás de mí, he sentido el clic del cierre de seguridad. Demasiado tarde, he comprendido que no puedo abrirla desde dentro. No dejo de tiritar y las ideas se suceden cada vez más lentas. Solo una imagen persiste: el cuerpo de la bella eslava, desnudo y aderezado sobre una bandeja enorme, a punto de ser profanado por los trinchantes del gran chef.

El espejo

Mi hermano gemelo telefoneó para decirme que va a ser padre y que ha decidido regresar a casa. Me pidió que le busque apartamento cerca de mi barrio, dando por hecho que me sentiría complacido. Me entretuvo un buen rato con sus bromitas condescendientes y su risa estentórea, que casi tenía olvidada. Cuando colgué el auricular, un torbellino agitaba mi mente.

Él siempre hacía más ruido. Salió antes del canal del parto y su llanto sofocó el mío; nadie me cree cuando lo digo, pero de aquello guardo memoria, aunque confusa. Era él quien ganaba los partidos en el patio del colegio y también las peleas con los otros chicos. Una beca de estudios lo alejó finalmente de mí. Lleva diez años viviendo fuera.

Una cosa es segura: me ha sentado bien esta lejanía, el alivio de no tener que enfrentarme constantemente a un duplicado perturbador de mi propia persona. En estos años he conseguido ganarme bien la vida y he reunido dinero suficiente para vivir sin preocupaciones. Atenúo la soledad de mi dormitorio con relaciones ocasionales, y eso me basta.

Después de su llamada, pasé la noche sentado en el balcón, fumando mientras contemplaba las luces de esta ciudad que durante algunos años me ha sido grata. El rumor del tráfico llegaba amortiguado hasta mis oídos a esa hora nocturna que propicia el vicio inconfesable y la transgresión cobarde. Sentía la caricia del viento en mi pelo, el olor a quemado que emanaba del asfalto. La brasa de mi cigarrillo desprendía hilos cenicientos que parecían dibujar el signo del infinito, en trazos que se iban difuminando en la oscuridad. Allí a oscuras, en el silencio de la noche, pude finalmente escuchar mi propia voz como nunca la había sentido.

Por la mañana me he despedido del trabajo y he notificado a mi casero que dejaré el apartamento. No tengo propiedades, ni siquiera automóvil, y soy el único titular de mis cuentas bancarias. Todas mis deudas están saldadas, así que nadie se tomará la molestia de seguirme el rastro. No sé lo que voy a hacer ni adónde iré: cualquier cosa, simular incluso mi muerte, antes que volver a ver mi reflejo en un espejo que me distorsiona.

Tengo sed

No queda ninguna botella en casa, me las tiró todas Manu. No ha tenido suerte este hijo mío, desde adolescente cuidando de mí. Se parece tanto a su pobre padre, que en paz descanse.

También don Jenaro tuvo mucha paciencia conmigo. Claro, fui a trabajar para él siendo casi una niña. Había rumores, decían cosas de él y sus secretarias. Me daba igual, a mí siempre me respetó. Cuando perdí a mi niña y empezó mi viaje al infierno, me encubrió muchas veces llamando a otra muchacha para sustituirme con la zurcidora. Me hacía un gesto discreto, y yo sabía que podía irme a casa sin dar explicaciones a nadie.

Hoy es un día de esos. Todos son difíciles, demasiado bien lo sabemos los del programa. No hay horas buenas, son todas malas, una a una desgranándose lentamente en la esfera del reloj, una a una que tienes que ir arañando al día hasta que consigues irte a la cama entera, y das gracias por ello. Luego, hay mañanas en las que ya al levantarte te rondan malas ideas, como gusanos que te roen el cerebro por dentro. Con el Juli lo hemos hablado muchas veces, él ha pasado por lo mismo y me comprende.

El hijo de don Jenaro era otra cosa. Llegó al taller con muchas ínfulas, había trabajado en París con grandes casas de costura y su lema era «eficiencia y modernización». Así que no me pasaba ni una. Me despidió con la promesa de reintegrarme en mi puesto, respetando todos mis derechos de antigüedad, si en el plazo de un año me desintoxicaba. Era una gran oportunidad, me decían todos. Y me puse a la tarea, con toda mi alma.

No sabía lo duro que iba a ser. Hace un rato he marcado el número del Juli, y contestó la voz de una mujer diciendo que estaba en cama con gripe. Es una catástrofe. Precisamente hoy. Sin mi orientador me siento desvalida, no me atrevo a enfrentarme al grupo.

Empiezo a vestirme y no dejo de dar vueltas por la casa. Todo está hecho un desastre, la ropa amontonada sin planchar, el fregadero lleno de platos sucios. No tengo fuerzas.

Me acerqué al espejo para arreglarme el pelo y me devolvió el rostro de una desconocida. Me entró miedo. Volví a rebuscar bajo la pila de la cocina y he encontrado un resto de aguardiente barato. Lo mismo me daría beber matarratas. Quiero estar limpia para asistir a la reunión semanal. Tengo que serenarme, pero antes necesito un trago. Solo uno.

Un encuentro clandestino

La celebración del puente festivo ha vaciado las calles. La ciudad duerme. Su único latido es el pulso de los amantes clandestinos. Tan pronto como queda sola, ella corre a preparar la casa para recibir y mimar a su amor otoñal, como suele llamarlo en privado. Baja a comprar la comida que a él le gusta, sin olvidarse del vino de la bodega preferida. Camina por las calles vacías a esa hora de la mañana. Nota la brisa de mayo en la cara y un pálpito en el corazón. Nunca se ha sentido tan viva. Se le expande el pecho y piensa que, por un momento como ese, merece la pena vivir.

De vuelta en el piso, le da tiempo a hacer un último repaso de limpieza a la casa antes de bañarse y vestirse. Todo tiene que ser perfecto. Se lavó el pelo ayer, para que hoy esté limpio y al mismo tiempo domeñado. Ha elegido el perfume, ha planchado esa blusa que tanto le favorece y, como nota de complicidad nostálgica, tiene listos en el tocador los primeros zarcillos que él le regaló. La elección de la ropa interior la deja para el final: obedecerá a un impulso momentáneo, dependiendo de que se sienta más seductora, tierna o arrebatada.

Le ha enviado ya el correo electrónico convenido, indicándole la hora aproximada de la cita. Él es siempre puntual, pero hoy se retrasa. Como ella suele esperarlo repasando pruebas de imprenta o corrigiendo exámenes, está abstraída y no cae en la cuenta de lo tarde que se ha hecho hasta que le parece oír el timbre del portero automático. Antes de que alcance a accionar el interruptor que abre el portal, la llamada se repite más enérgica, sin respetar el compás de tres por cuatro tan característico.

—Hoy se ha levantado animoso —piensa. Abre enseguida la puerta de casa para aguardar apoyada en la jamba, mientras oye el traqueteo del viejo ascensor.

El asfalto escupe fuego y la ciudad dormita en silencio. En fines de semana como este, el atracador hace su agosto. Lleva días vigilando, acechando, señalando con marcas las viviendas que quedan vacías o que están ocupadas por una persona sola, anciana o desvalida. A veces, ese mismo desamparo despierta en él un odio intenso y entonces no se contenta con desvalijar: es también encarnizado. Esta radiante mañana de mayo le brinda la rara oportunidad de dar un golpe doble.

Merodea a la espera del momento propicio, aquel en que el tramo de calle quede desierto y nadie lo vea entrar en el portal elegido. Contempla cómo se aproxima el hombre; no es joven, y su leve cojera le hace parecer indefenso. Espera a que toque el pulsador del piso y que la puerta se abra. Entonces se le viene encima y, con un certero abrazo de oso, lo introduce a la fuerza en el portal y lo deja sin sentido en el suelo; luego le vacía con destreza los bolsillos. Nada escapa a sus ojos de depredador: observa que el ascensor es antiguo, de tipo jaula, y entonces recuerda el número de piso que su víctima había pulsado en el interfono. Sin apresurarse, entra en la cabina.

Los dos pueblos

Los dos pueblos son muy viejos. Aunque de un modo distinto, ambos guardan memoria de varias generaciones.

A los de arriba no nos gusta pasear abiertamente a la luz del día pues hemos notado que los aldeanos del pueblo bajo, un racimo de casas que se agrupan medrosas de la parte del río, se inquietan si perciben señales de nuestra presencia, aunque no sepan interpretarlas. Tampoco nos agrada su tendencia a mostrarse ruidosos y pendencieros, sobre todo cuando van en grupo. Entonces se envalentonan y son capaces de hacer daño incluso a sus propias mujeres. En mi morada estamos más allá de todo eso, hemos purgado nuestras culpas y la vanidad ya no nos afecta. Nuestras viviendas son sencillas, humildes hileras de lechos de piedra más o menos ordenadas.

A veces me pongo melancólico y añoro los días de antes, cuando mi cuerpo estallaba de vida y en mi alma se agitaban las pasiones.

Llegué al pueblo de abajo para hacerme cargo del botiquín de urgencia, que dependía de la farmacia ubicada a veinte kilómetros de distancia. Dispensaba los fármacos en la cantina, que hacía también de colmado, puesto de correos y centralita telefónica. En más de una ocasión, luego de tomarme un par de vinos, hube de desandar el camino hasta casa en la oscuridad de la noche sin luna, a riesgo de tropezar y caer por aquellos senderos pedregosos. El cantinero era un hombre poco amigable, de carácter bestial. El pelo negro y liso, partido por una raya baja del lado derecho, le confería un aire de escribano que no encajaba en aquel cuerpo rudo ni en aquellos parajes.

Él y otro compadre tenían como afición el cuidado y mantenimiento de una raza autóctona de caballos salvajes, cuya población habían conseguido triplicar en pocos años. Aquellos hombres celebraban el nacimiento de un potrillo con el orgullo del capo gitano que bautiza a su primogénito. Los meses que permanecí con ellos requirieron mi ayuda para asistir a las yeguas en algún parto difícil.

Luego la conocí a ella y aquel hecho fortuito cambió mi destino. Solía atender la cantina. Más alta que el marido, corpulenta pero de proporciones armoniosas, sus ojos de un azul intenso parecían reflejar el cobalto del cielo. Al principio hablaba poco, con frases cortas y vagas, parquedad que era compensada por la enorme expresividad de sus gestos. Algunos días, ¡ay! su rostro mostraba señales de violencia conyugal, y entonces aquellos ojos claros se ocultaban tras un velo de vergüenza. No tenían hijos, ningún ser con alma se reproducía en aquel lugar maldito, como si la ruindad de sus habitantes hubiese sido castigada por una maldición bíblica. Mi único mérito fue saber escuchar a una mujer malcasada.

Un recuerdo me persigue entre todos: camino por callejuelas empedradas bajo un sol hiriente del que intento protegerme con mi raído panamá; me limpio el sudor del cuello con un pañuelo. Visillos cimbreantes se descorren a mi paso, delatando la presencia de ojos inquisidores que observan tras la tela descolorida. A mi espalda, un ruido inesperado, un silbido más agudo del viento en los tejados. Capto las señales de alerta; sin embargo, no hago caso de ellas y el acero entra en mi pecho sin encontrar resistencia ni causar dolor.

Mi nueva morada es un lugar de paz. Su ubicación en lo alto de la ladera es perfecta: aireada y con vistas al valle. Durante el día no se oye un alma. Solo las ramas de los cipreses se quejan bajito cuando las mueve la brisa. Los nichos de piedra se suceden regulares, algunos señalados con lápidas que indican el nombre del ocupante. No estoy triste, después de todo. Me acompañan seres menos lúgubres que aquellos que aún habitan el pueblo de abajo.

Un viaje en tren

Nada más subir al tren, añoré los vagones de antes: el tapizado de terciopelo granate, el revisor atento que te ayudaba a subir las maletas, las mesas del restaurante con sus lamparitas de quinqué y su promesa de encuentros inesperados. El viaje era largo entonces, casi doce horas de recorrido por paisajes cambiantes desde las áridas extensiones mesetarias hasta los bosques de hayas y abedules del norte.

El tren de alta velocidad hace ahora el mismo recorrido en tres horas escasas. El vagón estaba ya repleto de gente ruidosa; el ambiente, cargado incluso antes de partir. Lamenté no haber tenido la previsión de sacar billete de clase preferente. Me costaba encontrar un hueco para colocar mi voluminosa maleta y, advirtiendo mi apuro, un chico joven de aspecto pulcro me ayudó a subirla a la bandeja superior. Se lo agradecí con una sonrisa. Comprobé que mi bolso de mano conservaba las cosas de valor y la botellita de agua que llevo siempre en los viajes. Busqué una postura confortable, con la cabeza bien apoyada en el respaldo para evitar dolores de cuello y, antes de conectar la música de mi iPhone, me dispuse a observar. Es algo que me encanta: sentirme un poquito espía estando cómodamente instalada en el asiento de un tren de largo recorrido.

Obstruyendo el pasillo, una madre obsesiva da instrucciones de última hora a dos chicos de quince y once años sentados delante de mí. Tarda una eternidad en explicar al pequeño cómo funcionan los auriculares para escuchar la película, mientras el chiquillo no para de mascar gominolas con aire ausente. Se ve que a ella le ha tocado un asiento en otro vagón y pretende cambiarlo con algún pasajero para estar cerca de sus hijos, pero el tren arranca y el revisor la hace ir a sentarse. El hijo mayor aprovecha entonces para consultar páginas porno en su ordenador portátil y, de vez en cuando, le da un codazo a su hermano con el fin de enseñarle algo especialmente picante.

A mi izquierda, una joven en traje de chaqueta, bien maquillada y con el pelo recogido, consulta también su portátil; pero se ve que es por motivos de trabajo, a juzgar por la charla intermitente que mantiene con el viajero sentado junto a ella. Cierro los ojos y dejo que me lleguen retazos de la conversación:

—Lo he conseguido con mucho esfuerzo... No es justo que él se lleve los laureles... Me merezco un poco de reconocimiento...

Me llaman la atención esas quejas. Muy al contrario, a mí me acompaña en el trabajo una sensación inminente de catástrofe; temo a cada momento que alguien me vaya a descubrir, que se vayan a dar cuenta de que no estoy a la altura de la responsabilidad que se me ha encomendado. Mi psiquiatra me lo ha explicado: es el síndrome del impostor.

Al otro lado del pasillo, dos ancianos guardan silencio; ella dormita con la blanca cabeza reclinada sobre el hombro de su pareja, que le acaricia tiernamente el cabello mientras contempla el paisaje. Por mimetismo, dirijo la vista hacia mi ventanilla y me da tiempo a admirar el verde del cereal maduro para la siega antes de que hiera mis ojos el fogonazo de la explosión. Una certeza percute como martillo en mi cabeza, aturdida por el estruendo: este tren nunca llegará a su destino.

Agencia de viajes Sáez

En cada junta de accionistas alguien propone cambiar la razón social de la empresa por otra más actual como «Viajes Elcano» o «La Ruta de la Seda». Como si trabajar presididos por un patronímico muy común nos incapacitase para satisfacer las necesidades de nuestra clientela. Contra toda presión, el socio mayoritario está determinado a mantener su nombre familiar, de manera que seguimos llamándonos «Agencia de Viajes Sáez». Cada día, al pasar bajo el rutilante letrero de la puerta, no puedo evitar una leve sensación de orgullo, pues se da la coincidencia de que Sáez es también mi segundo apellido.

La joven encargada de modernizar mi sección me ha caído bien. No me desacredita delante de los otros y tiene en cuenta mi opinión cuando debemos organizar un circuito más complicado de lo habitual. Eso no es extraño, puesto que soy el más veterano de mis compañeros y hago con gusto mi trabajo. Julián dice que me implico demasiado, como las veces que falla a última hora una compañía aérea *low cost* y me desvivo por encontrar una solución alternativa para los afectados. —Ni que fueras a viajar tú —suele decirme. Lo que yo no digo es que él me parece un poco caradura. De esos que se las apañan para pringar lo menos posible.

Disfruto mucho los primeros momentos de contacto con los clientes, cuando entran en el local dos amigos o una pareja y empiezan a formular sus peticiones de viaje. Algunas veces dudan entre varias opciones, otras tienen una idea muy clara de lo que buscan, pero siempre traen el mismo brillo de ilusión en la mirada. Me regocijo interiormente si los veo indecisos y se dejan aconsejar con docilidad. Ahí me vuelco de verdad, diseño recorridos novedosos, busco alojamientos paradisíacos por poco precio y aporto información interesante acerca de las localidades de destino.

Después de cenar, tumbado en el sofá ante la tele encendida y con un botellín de cerveza en la mesita baja, finjo que dormito mientras recorro con la mente todos esos cruceros de ensueño que he preparado en la agencia, esas expediciones exóticas que disfrutarán otros en mi lugar. Sé que nunca viajaré a esos países y en el fondo ya no me importa porque, sin necesidad de moverme de casa, conozco cada detalle de su geografía, y estoy al tanto de las particularidades y pequeñas manías de sus habitantes.

Durante un tiempo acaricié la idea de sacar dos billetes de avión para nosotros, ¡me habría costado tan poco darle una sorpresa a Celia! —Prepárate, nos vamos mañana; no lleves mucho equipaje, iremos comprando por ahí lo que haga falta. —Acaso entonces asomaría ese brillo de ilusión en sus ojos. Llegué incluso a hacer la gestión, tenía los vuelos y el hotel precontratados; fue por esos días cuando su madre tuvo el ictus, y anulé las reservas sin decir nada. Ahora, mi mujer ha dejado de esperar que la lleve a ningún sitio y ha reunido un grupito de amigas con las que viaja una vez al mes, sin recurrir jamás a los servicios de mi empresa. Es su manera de vengarse.

Crecer leyendo

Aprendí a leer antes de ir al colegio, arropado por el amor de mi madre, y la emoción de mis primeros recuerdos está ligada a ese descubrimiento deslumbrante: aprender a descifrar el misterio y la belleza de la negra flor de la tinta dibujada sobre el blanco del papel.

Pertenezco a la generación anterior al boom de la informática y de la telefonía móvil. En mi casa no había más aparato electrónico, que el hoy olvidado transistor. Quizá por esta razón, una de nuestras principales distracciones infantiles era la lectura de textos muy diversos.

Los premios de fin de curso escolar consistían en libros, a menudo novelitas de aventuras; con ellas empezamos a viajar mentalmente por paisajes exóticos. Los domingos, después de misa y antes del aperitivo, solían comprarnos tebeos que los chiquillos nos pasábamos con fruición. Cuando algún resfriado o malestar digestivo me obligaba a faltar a clase para guardar cama, yo me regocijaba íntimamente, porque sabía que mamá se presentaría a media mañana con algún libro de cuentos; había una colección de tapas blandas realzadas con franjas rojas que a mí me entusiasmaba y que conservé durante años hasta que se perdió en alguna de mis mudanzas, de vivienda o de vida.

Solíamos pasar las largas vacaciones de verano con una prima mayor que nosotros a la que admirábamos por dos cualidades notables: la decisión con que se zambullía en el agua desde nuestra roca preferida, y su habilidad para la narración oral. Conocía infinidad de cuentos maravillosos de diversas procedencias, que adornaba con profusos detalles y dilataba con tal gracia que deseábamos no acabase nunca de relatar. También nos dejaba leer los libros que alimentaban su imaginación, pero las historias no parecían las mismas sin el ornato de su voz.

En el piso de Madrid, mis hermanos y yo adquirimos la costumbre de curiosear desde muy pequeños en la biblioteca paterna, de la que tomábamos préstamos a escondidas, pues había autores que nos estaban prohibidos. A media luz, para no despertar sospechas, devorábamos historias fascinantes, como la de aquel enano deforme enamorado de una princesa al que se le rompe el corazón el día que se ve por primera vez reflejado en los espejos de palacio y comprende la tragedia de su destino.

La lectura era una pasión voraz, una sed tan intensa que no hacía remilgos a casi nada. Con las cinco pesetas que nos daban los sábados, hacíamos una hucha de la que fueron saliendo los fondos para costear la colección completa de Tintín, del belga Hergé, cuyo estilo gráfico aprendimos a admirar mucho antes de saber en qué consistía la línea clara.

Alguien tuvo la feliz ocurrencia de regalarme por mi cumpleaños un grueso tomo de *Mitos y Leyendas de la Antigüedad Clásica* de la editorial Labor, que me llevó de forma natural a la lectura de Ovidio y sus bellísimas *Metamorfosis* y a descubrir, algo más tarde, el portentoso mito de la caverna de la mano de Platón. El camino a la filosofía estaba abonado, y recorriéndolo aprendí que el hombre es frágil y miserable como una caña, pero es una caña que piensa, y que el alma libre sólo debería creer en un Dios que supiese bailar.

Le estaré eternamente agradecido al padre Pastor, que me dio clase de lengua y literatura en quinto y sexto de Bachillerato Superior; me hizo descubrir a Garcilaso y con él entró en mi vida la poesía para no salir ya nunca más.

Hoy mis ojos están privados de luz, pero mis oídos siguen percibiendo la música de las palabras a través de la voz ronquita de mi esposa que, con la lectura de nuestros poetas predilectos, apacigua mis noches insomnes y alivia la miseria de mis horas crepusculares.

Una cinta para el pelo

Yo tenía una amiga. Eran los tiempos de la inocencia, antes de adentrarnos en el lado de las sombras. Ella era bonita, candorosa y alegre, como creía serlo yo también. Nuestras familias ocupaban casas de veraneo contiguas en un pueblecito marinero, y cada una de nosotras nos movíamos con entera libertad por la casa vecina como si fuese la propia. En nuestro jardín crecía una higuera, al pie de la cual acudimos a jugar tantas tardes buscando su sombra fresca. Juntas, Amelia y yo conocimos el primer sobresalto de la emoción ante la belleza masculina. Un chico de la colonia con azabache en el pelo aceleraba el latido de nuestros tiernos corazones.

Una tarde que se acercó en bicicleta a visitarnos, vi cómo sus ojos gitanos quedaban prendidos en la falda corta de Amelia, en su grácil figura de adolescente, en las formas aún pequeñas pero firmes que abultaban su camiseta. A ella estaban dedicadas cada palabra de él, cada sonrisa, la gentileza con que inclinaba el cuello para susurrarle algo, casi rozando con los labios los delicados lóbulos de sus orejas. Yo los miraba. Observé que el chico le ofrecía un regalo: una cinta para el pelo, que él mismo anudó a su coleta. Bajé la vista para inspeccionar mi ropa de niña habituada a jugar al aire libre, los vaqueros gastados, mi torso plano. Me alejé unos pasos. Sentía frío y calor a la vez, un potro desbocado dentro del pecho; una sombra me veló los ojos y los colores de la tarde se oscurecieron en un instante.

Esa noche me escabullí de mi cuarto sin hacer ruido para entrar en el tocador de mamá. Tantas veces la había visto arreglarse para salir que podía inspeccionar con los ojos cerrados cada rincón del joyero donde guardaba las alhajas. Cogí la pulsera de brillantes y la guardé en el bolsillo del pijama. Mi propósito era ocultarla al día siguiente en un cajón del dormitorio de mi amiga y luego, aparentando turbación, insinuarle a mamá que la había descubierto allí por casualidad. Quería tanto hacerle daño que esa idea penetraba en todo cuanto hacía, se apoderaba de mi pensamiento, crecía como una criatura salvaje y violenta.

Esperé hasta después del desayuno, cuando el ajetreo doméstico que inauguraba la jornada me brindaría oportunidad y coartada. Cruzando sin detenerme la vereda que separaba las dos viviendas, no alcancé a ver al joven de ojos oscuros y brillo de azabache en el pelo que se aproximaba en bicicleta, silbando la canción de aquel verano. El chirrido de la rueda al frenar, el impacto de mi rodilla contra el suelo, el escozor en mi piel: nada de eso me importó. Lo que me dolió fue su expresión de burla al recoger algo que había caído de mi bolsillo y el tono socarrón en su voz de tenor:

—¿Es que vas a empeñar las joyas de tu madre?

Blue note

La vio aparecer con una sonrisa radiante, encaramada a unos escarpines negros de tacón altísimo, la coleta de colegiala cabriolando, cuando los cuatro componentes del ensemble se adelantaban para ocupar sus puestos en el escenario. Sintió de un modo misterioso que su vida estaba cumplida. La enfermedad había avanzado mucho y no confiaba en tener otra ocasión como aquella para asistir a una interpretación de su hija ante una audiencia tan importante. Al pensarlo, reparó en que una misma palabra podía significar público y a la vez tribunal de justicia, y eso le hizo estremecerse.

En la elección del programa se notaba la mano del primer violín, un profesor estricto que había acogido a Lara con total generosidad, y había convertido a aquella chiquilla musicalmente dotada en una virtuosa. Ella volaba ya lejos de los conocimientos elementales que su padre había podido inculcarle, pero le gustaba pensar que la semilla de la pasión, del amor a la música, la había sembrado él.

Dos piezas barrocas concedían protagonismo a la viola, así que Lara tendría oportunidad de lucirse. Pronto había manifestado su preferencia por este miembro de la familia de las cuerdas de voz aterciopelada y melancólica, tan frágil como la voz humana. Marisa y él habían recorrido talleres de lutier y asistido a subastas hasta dar con el ejemplar más refinado que su economía les permitía adquirir. Recordó la emoción, la búsqueda ilusionada de un arco que acompañase la perfecta manufactura de la caja, y la visita a un arquetero de Padua para adquirir las apreciadas crines de caballo.

Miró a su alrededor. Mientras los músicos afinaban sus instrumentos, el auditorio terminaba de llenarse; un pequeño grupito había empezado a ocupar los últimos asientos libres cuando se amortiguaron por fin las luces y el primer violín avanzaba unos pasos hacia el público para presentar la pieza inaugural del concierto: la transcripción para viola y cuerdas de una composición anónima del siglo XVIII.

Conocía bien la pieza, había acompañado a Lara durante los ensayos en casa mientras ejecutaba los pasajes más complicados. Le preocupaba sobre todo el segundo movimiento, un larghetto que no ofrecía mucha dificultad, salvo que ella discrepaba de la partitura en aquellos compases que trazaban el dibujo descendente y, con audacia, incluso con temeridad, se complacía en agregar una modulación en la bemol que no estaba escrita. Decía que mejoraba el pasaje, lo hacía pleno y envolvente. Pero era impensable que tratase de imponer su criterio al resto del ensemble.

Tomó la mano de su mujer y en ese momento la ansiedad se apoderó de él. El allegro fue interpretado de forma brillante, que no consiguieron empañar las tosecillas ni el ruido del envoltorio de los caramelos. Avanzado el *larghetto*, la melodía subió con elegancia hasta el clímax y, justo al descender, se oyó con toda claridad el acorde bemolizado, la nota azul que quebraba la tonalidad, prolongando el suspenso en el oído. Fue como si el tiempo se hubiese detenido. El público contenía el aliento. Marisa notó la sacudida en su mano y se giraba para mirar interrogante a su marido cuando sonaron los aplausos, un estallido incontenible de júbilo.

Soñar de día

Camila y yo no somos gemelas, pero cuando subíamos a la iglesia los domingos, con el cabello oculto por la pañoleta y antes de que ninguna hablase, la gente nos confundía. Y es que hubo un tiempo en que solo nos distinguían por el color del pelo y por la entonación de la voz.

Las dos éramos soñadoras, aunque de manera diferente. Las tardes en que no había deberes de clase subíamos al sobrado, buscando un rincón tranquilo para nuestros juegos. Allí, envueltas en la luz difusa que encendía de oro el cabello de mi hermana, en aquel silencio punteado solo por el canto de alguna lavandera solitaria o por el cotorreo alegre de los mirlos, nos sentábamos en el suelo y tejíamos nuestros sueños. Camila construía en el aire una granja espaciosa y confortable para alojar una gran familia. Se veía en la amorosa compañía de sus hijos y nietos, cuyos rasgos anticipaba y para los cuales había elegido ya los nombres, todos ellos cortos, sonoros y tomados de algún personaje de nuestras novelas y fábulas. Yo imaginaba viajes a ciudades exóticas, aromas orientales, mazurcas en salones dorados y vestidos de princesa. Siempre lejos, muy lejos de casa.

Desde el ventanuco veíamos la línea del horizonte donde se recortaba la silueta del Madero, con su encaje blanco en los años de nevada. Cuando las sombras de los tejos empezaban a ponerse violeta se oían las zancadas de Antón que, terminadas sus labores en la era, corría a reunirse con nosotras. Como era alto, tenía que agacharse un poco para pasar por la puerta del sobrado, y bastaba ese gesto de su cuello al doblarse para que el corazón me brincase de alegría. Antón era fuerte, no tenía miedo a nada, pero también sabía ser suave y entonces no podías apartar la mirada de sus ojos grises cuando te explicaba con paciencia las cosas del campo, el canto de tal o cual pájaro, o cómo se pueden conocer los árboles en invierno, aunque hayan perdido todas sus hojas, porque basta mirar la corteza de sus troncos.

Cuando Camila se fugó con el hijo del notario, fue una conmoción para todos. Creo que papá nunca la perdonó. Al principio me escribía dándome noticias de sus viajes, de su vida lujosa y despreocupada. Nunca hablaba de la gente del pueblo, de lo que había dejado atrás. Hace tiempo que no recibo sus cartas.

Al poco de marchar ella, mamá enfermó y tuve que dejar los estudios para cuidarla y hacerme cargo de la casa. Poco después murió nuestro padre, así que sin pensarlo me encontré atada a la granja con una soga invisible, pero más fuerte que el cabestro que sujetaba la cabeza del asno a la noria. Fueron tiempos duros.

No sé qué habría sido de mí sin el apoyo de Antón. Algunas tardes, cuando nuestro hijo pequeño duerme tranquilo en su cunita y se oye fuera el parloteo de los mirlos, me siento en el desván y me pregunto qué será de Camila. Me vienen a la mente nuestras viejas fantasías, tan diferentes las de ella y las mías. Pienso en los caminos misteriosos de la vida y contemplo la mía, con sus luces y sombras, pero en la que nunca falta un fuego en el hogar ni el abrazo protector de un hombre bueno. Y me pregunto si ella habrá encontrado satisfacción, tan apartada de la gran familia de sus sueños, viajando nómada por el ancho y tumultuoso mundo. Siempre lejos, muy lejos de casa.

Sillas desparejadas

La encontramos en una tienda de muebles de viejo. Bea se enamoró a primera vista. Era una pareja de gemelas, con el mismo tapizado y aspecto idéntico, pero ella no vaciló en elegir una de las dos. Revisó con cuidado el estado del barniz, le dio el visto bueno a la tela y declaró que no quería ninguna otra para colocar en su dormitorio.

En aquella época, Bea y yo competíamos por hacer ese tipo de descubrimientos, que luego celebrábamos con gran placer. No habremos pasado juntas más de cinco minutos eligiendo una camisa o una falda, pero en cambio los chamarileros y mercadillos de viejo recibían nuestras asiduas visitas.

Cada vez que iba a casa de mi amiga descubría una novedad en la decoración: el cojín de estampado étnico que habíamos visto juntas la semana anterior, un vaso ideal para esas mismas flores que yo había intentado arreglar en mi jarrón sin demasiado acierto, una vieja lámina desechada por mí, a la que ella conseguía dar nueva vida con el marco perfecto. Tenía un instinto especial que yo envidiaba y trataba de emular. Al ver la silla en su dormitorio, no pude reprimir una exclamación: parecía haber sido tapizada expresamente para hacer juego con las cortinas.

Fue un impulso. Esa misma tarde corrí a la tienda de viejo para adquirir la que había quedado desparejada. La coloqué a los pies de mi cama; me gusta tener un sitio para colgar la ropa que me he puesto solo una vez y todavía no quiero lavar. Por la noche creí sentir crujidos de madera y al despertar me pareció que la silla estaba más cerca de la cabecera. No quise darle importancia al asunto. Ese día hice limpieza, ordené la habitación y me dediqué a mis tareas de costumbre. A la mañana siguiente la silla había vuelto a desplazarse, esta vez un poco más; lo noté claramente porque encontré tirada en el suelo la blusa que yo había doblado y colocado con esmero la noche anterior.

Eso ocurrió hace semanas. Ahora la silla pasa las noches junto a mi cabecera y se diría que respira, percibo junto a mi cara un hálito maligno, que yo atribuyo al rencor por estar separada de su gemela. En todo este tiempo no he sabido de Bea, y me preocupa. Recuerdo haberle oído decir que estaría enclaustrada terminando no sé qué informe de economía, no era seguro. Quisiera advertirle que esté vigilante, pero no me atrevo a visitar su casa, me da miedo lo que pueda encontrar.

La Abadía

Sin pertenecer a una familia noble, fui afortunada en mi nacimiento. Única niña entre un puñado de varones, gocé del favor de mi padre, hombre ilustrado y liberal que nunca hizo distinciones entre mis hermanos y yo. Así, recibí una educación esmerada, de la que formaban parte el *trivium* y el *quadrivium*. Pero, ¡ay! la juventud es soberbia y temeraria, y me dejé embaucar por un noble de mal corazón, que solo deseaba gozar de mi belleza para luego arrojarme al olvido. Mancillada y extraviada, mi familia no encontró otro recurso que confiarme a la protección de la vida monástica.

Corría avanzado el otoño cuando llegué a la Abadía de Fuentes Claras. La tristeza en la que me hallaba sumida por mi desengaño, el cansancio del trayecto y las brumas de aquel oscuro atardecer de octubre contribuyeron al abatimiento de mi ánimo. El imponente conjunto de edificaciones se recortaba lúgubre sobre la montaña y parecía querer aplastar con su peso al osado viajero. No imaginaba entonces que en aquel lugar habría de encontrar amparo seguro y manantial de vida espiritual.

Dejamos a un lado la mole del edificio principal donde, supe después, habitaban las viudas y vírgenes que habían elegido de buen grado vivir en el cenobio. En el segundo inmueble, bajo la advocación de San Benito, se atendía a los enfermos. Fui alojada con las mujeres de pasado pecaminoso, en un pabellón de menores dimensiones dedicado a María Magdalena.

Era cosa de maravilla ver el sistema de molinos y canales de regadío que alimentaba los terrenos abaciales; estos, primorosamente cultivados por conversos y voluntarios seglares, se extendían por los tres valles tejiendo un tapiz multicolor. A mí me asignaron turnos para trabajar en las granjas, los hornos y la bodega.

Berenguela de Zahora era abadesa perpetua, madre y prefecta de monjas. Se había adherido a los aires de renovación que vivificaron el monacato bajo la influencia del culto a la Virgen María. Las asiladas de la Magdalena no éramos meras esclavas del trabajo. Se nos atribuía la posesión de un alma semejante a la del varón, y se fomentaba en nosotras el estudio y la lectura de la regla benedictina.

El huerto fue mi consuelo. A la fresca sombra de los frutales y dejándome acariciar por la brisa conocí el valor del silencio. Aprendí a orar. Acepté el abandono del mundo y comencé a amar la soledad, ese recogimiento casi perpetuo que predisponía a la contemplación. Mucho recordé las enseñanzas de mi padre en aquellos días. Me agradó comprobar que no me importaba la pobreza.

La abadesa era una mujer notable a cuyos ojos de lince nada escapaba. Se fijó pronto en mi transformación y me hizo trasladar a los pabellones de novicias de Nuestra Señora. Al vestir el hábito blanco sentí que mi espíritu estaba por fin en paz. Envuelta en aquella sencilla sarga, sin adornos ni afeites, qué fácil era olvidarse de los reclamos del cuerpo, del hambre y la sed, del apetito de la carne. Empecé a disciplinarme, insistiendo más en el sometimiento de los deseos que en el dolor del cilicio. Me esforcé en acatar las normas de obediencia, aunque esta fue siempre la prueba más difícil para mi orgullo culpable.

La madre Berenguela repetía siempre que la vida contemplativa debía alternarse con suficientes horas de actividad laboriosa, pues solo así es posible evitar el descarrío de las almas. Por esta razón abominaba de las órdenes mendicantes que por entonces predicaban con ruido y furia. Con ella compartí incontables horas de lectura y exégesis en la biblioteca.

Hallándose a las puertas de la muerte, me hizo llamar de noche. La hallé demacrada por la enfermedad, postrada en su humilde yacija. Hacía frío en la celda. Tomé un paño limpio y me acerqué para asistirla en un ataque de hemoptisis. Sus ojos seguían siendo dos tizones penetrantes.

—Hija mía —me dijo—, ahora estoy a salvo de toda acechanza terrenal, pero temo por vosotras. Se avecinan tiempos oscuros. Las mujeres seréis relegadas de nuevo al nivel de las bestias de carga. Vendrán inquisidores que sembrarán la intolerancia en el corazón de los hombres. Debes estar preparada.

Aquella noche velé su cuerpo como había sido su deseo y, aferrando su mano yerta, vertí lágrimas amargas.

Una sonrisa como aquella

Adela caminaba ligera. Todas las noches hacía el mismo trayecto desde el penal hasta casa, primero en el coche por la autopista A-7 y luego un tramo de doscientos metros andando desde el aparcamiento municipal hasta su bloque de viviendas. Los que la conocían bien habrían dicho que era una mujer de costumbres arraigadas. También habrían destacado su sentido de la justicia, no exento de dureza. No le temblaba la mano cuando era necesario aplicar algún correctivo. Por el bien común, por la seguridad del centro penitenciario, no podía tolerar ningún exceso. Pero detestaba toda manifestación de crueldad o de ensañamiento.

Pensó en la Loles, una muchacha desamparada que cumplía condena por robo. Más de una vez la había defendido de alguna bravucona que pretendía abusar de ella, y entonces Loles le sonreía con gratitud teñida de vergüenza. No era fácil olvidar una sonrisa como aquella. A Adela le gustaba su trabajo, estaba orgullosa de contribuir al funcionamiento de la sociedad. A veces era duro afrontar la hipocresía de algunas personas acomodadas, que disfrutaban de la seguridad que los funcionarios de prisiones les brindaban y al mismo tiempo despreciaban su labor. En esos momentos recordaba las palabras que solía repetirle su padre, un policía de vocación: «Haz lo que debas, sin esperar el aplauso de los otros».

La noche de noviembre estaba fría. Ya faltaba poco, al doblar la siguiente esquina vería la ventana de su cocina iluminada, Sergio estaría preparando la cena. Antes tomarían una copa de vino, les gustaba saborearla despacito mientras charlaban. Ese ritual les permitía reconstruir cada noche una morada íntima, a salvo, lejos de la fealdad de la jornada. De pronto se cruzaron unas sombras al final de la calle, y al distinguir dos figuras embozadas que se aproximaban se le aceleró el corazón.

Atropelladamente, recordó los sucesos de los últimos días. El gobierno preparaba un proyecto de ley con objeto de endurecer las condiciones de reinserción social para los penados. La noticia se había propagado por las galerías del penal, y las convictas más violentas se pusieron en pie de guerra. Se declaró un motín y hubo que pedir refuerzos para contenerlo; en medio de los disturbios, varias reclusas habían conseguido fugarse, alguna de ellas especialmente peligrosa.

Muy despacio, metió la mano debajo del anorak buscando en el bolsillo el espray defensivo que siempre llevaba encima. No llegó a utilizarlo, al momento se relajó al reconocer bajo una capucha la sonrisa desmayada de su vieja conocida, la Loles.

Aguas de abril

No es como en los primeros tiempos, cuando el miedo y la desconfianza todavía no habían echado a perder esta forma de viajar llamada autostop. Ahora un conductor se lo piensa mucho antes de recoger a alguien en su coche. Por eso él evita salir directamente a la carretera. Prefiere las estaciones de servicio, que le permiten apostarse, observar a los automovilistas y elegir uno antes de abordarlo. Ha conseguido reforzar su simpatía natural con una cuidada estrategia apoyada en la experiencia y en una buena intuición psicológica. Rara es la ocasión en que no logra vencer toda resistencia inicial. Tiene tácticas imbatibles. Lleva el pelo unos centímetros más largo de lo deseable, pero limpio y, sobre todo retirado de la cara; ropa neutra, ni demasiado barata ni ostentosa; están permitidas las sudaderas, pero jamás con capucha. Al presentarse a los ocupantes del vehículo nunca adopta una apariencia lastimera o desvalida. Es sencillo y directo, y, según la respuesta que encuentre, propone o no compartir los gastos de combustible. Siempre, en uno u otro momento del trayecto, invita a un café.

Esa tarde de abril, chubascos intermitentes azotan sin misericordia los automóviles que se aproximan a la estación de servicio. Se diría que todos los dioses de la lluvia se han conjurado. Tanto mejor, piensa, un tiempo inclemente suele ser favorable a sus propósitos. No tarda mucho en hacer su elección: una pareja de novios que viajan en Mini Cooper descapotable. Un par de niños bonitos en viaje de placer y con las hormonas alborotadas, lo suficiente como para tener las facultades cerebrales a medio gas. No le cuesta convencerlos. El novio es del tipo peluche, grande y amigable. Le ayuda a acomodar la mochila en el maletero, ocupado a medias por una reluciente Samsonite. El autostopista calcula el peso de esta con ojo experto: sustraerla en un descuido de los dueños será pan comido. Ya dentro del coche, les entretiene durante el trayecto contándoles peripecias de su vida, sus estudios y viajes, casi todo inventado. Ella es una coqueta irredenta: desde el asiento del copiloto, se vuelve para lanzarle miradas incendiarias.

El aguacero se hace tan intenso que apenas se distingue la carretera. Cortinas de agua salen despedidas hacia los lados del parabrisas. Pronto, ruidos sospechosos denuncian el mal estado de los amortiguadores. Al quedar atrapado entre dos camiones, el conductor del Mini quiere reducir la velocidad, calcula mal la frenada y el automóvil derrapa trazando un giro de 180 grados en horizontal hasta quedar depositado en el arcén. No hay daños materiales. Con ayuda de los camioneros, consiguen enderezar el coche y salir de nuevo a la autovía, conmocionados aún por el sobresalto. El ambiente en el interior del vehículo es ahora cortante. La chica recrimina a su novio, cada vez más mortificado. El autostopista, con el rostro desencajado, mira obstinadamente los regueros de líquido que serpentean por la ventanilla.

Por fin cede algo la furia del cielo, y una llovizna lángui-da barre los cristales. Paran a repostar. La pareja propone tomar un té calentito, para pasar el susto. Cuando se disponen a subir de nuevo al coche, no aparece por ninguna parte al amigo del asfalto. Se ha esfumado bajo la lluvia, sin recoger siquiera la mochila que era todo su equipaje.

El girasol

Salió a la puerta y esperó el momento en el que asomaba por el horizonte el auriga de oro. El rubio Helios sujetaba con mano firme las riendas y ascendía horadando la bóveda celeste. Clitia se demoraba en la entrada de la casa, prendidos sus ojos en la estela luminosa.

En días más felices había creído que la luz era solo suya. Que solo ella merecía la caricia del dios. Pronto, sin embargo, reconoció ese mismo resplandor íntimo en el rostro fraterno, mientras el suyo se iba ensombreciendo. Acechó y espió buscando certezas. Conjeturó que Helios-Apolo asaltaba de noche la cama de la hermana pequeña, para robarle la inocencia con artimañas de bandido.

Clitia fue cómplice al principio, pero nadie guarda mucho tiempo un secreto que quema por dentro. Privada de la estrella solar, ella no era nada. Y se sucedieron los celos culpables, la revelación traidora, la ira del padre, la crueldad del castigo. En vano suplicó la hermana, con lágrimas que no ablandaron el duro corazón paterno.

¡Infeliz Leucotoe y desdichada, dos veces desdichada Clitia! Al remordimiento se sumó la congoja de comprender que, lejos de recobrar el amor del astro, se había ganado su eterno desdén. Nueve días guardó ayuno, insomne de noche y acechante de día, siguiendo la estela del carro solar. Nueve días languideció apoyada en el umbral de arcilla cocida, hasta sentir que sus miembros se hundían en la tierra, y de su cabellera nacía una flor de muchas flores. Metamorfosis enigmática, la de una flor eternamente girando para buscar el rastro de luz en el cielo durante el día. Y al caer la noche se inclina en recogimiento, hacia lo más hondo, donde habita la memoria. Donde mana el dolor.

Fruta madura

Me sirvo un cuenco de fruta pelada, escogiendo la que está bien madura. Los efluvios de melón, pera y ciruela me devuelven a los días de mi infancia en el pueblo. En el comedor he contado cincuenta mesas, con cabida para alrededor de 200 personas. Recorro con la vista el *buffet* del desayuno. Dispuestos sobre manteles impolutos se exhiben los productos en una oferta suntuosa y tentadora. Manjares que hasta ahora no eran comunes en el escueto desayuno de las familias hispánicas. No importa. La gente se sirve en abundancia de todo ello y repite varias veces, prolongando una comida que en la vida cotidiana suele ser rápida y frugal.

El ambiente es, quizá por las fechas próximas a la Navidad, de algarabía, de fiesta. Jubilados con sus nietos, parejas jóvenes con y sin hijos. Me fijo en un grupito de amigas; por su forma de vestir y sus temas de conversación, diría que son funcionarias a punto de jubilarse. Estas generaciones se desquitan del hambre que pasaron sus padres o abuelos durante la guerra y la posguerra, lo cual explicaría el entusiasmo que despierta hoy todo lo relacionado con la alimentación. Los concursos de cocina gozan de máxima audiencia y las escuelas de hostelería se llenan de jóvenes deseosos de dedicarse a una profesión en la que es difícil triunfar y que, en el mejor de los casos y aun siendo celebridades, les obligará a hacer duras jornadas con horarios imposibles.

Me consta que, para algunos, los goces del paladar son el mayor consuelo físico al que podemos aspirar. Por lo que a mí respecta, el placer del desayuno me había hecho olvidar la perspectiva de otra Nochebuena en casa. Mi suegra criticará la forma de vestir de su nieta, mi hermano hará preguntas incómodas y todos tendremos que disimular bostezos escuchando las historietas de mi cuñado. No quiero pensarlo ahora.

En la mesa junto a la ventana se despliega ante mis ojos un ceremonial de cortejo. El hombre le acerca solícito a su pareja un vaso de zumo y un plato de huevos revueltos. Ella es de esas mujeres que parecen no tener edad. Muy de mañana se ha presentado en el comedor moviéndose con el magnetismo de una leona que, confiada en su potencia corporal, se prepara para la caza. Solo su boca lo desmiente. Esos labios quirúrgicamente abultados se fruncen en un gesto casi infantil. Capta mi mirada y me sonríe enigmática. Me siento como si me hubiesen pillado espiando por el ojo de una cerradura. Intento disimular mi turbación. Me levanto y me acerco de nuevo al *buffet* para servirme otro bol de fruta madura.

Espías

En sus sueños vuelve a ver el hangar de instrucción donde se han formado los mejores agentes de la Inteligencia británica. Una sala amplia. La luz mezquina. Máquinas diseñadas para doblegar, torturar y matar. Esforzados y lacónicos, los candidatos más jóvenes se entrenan en las tácticas de combate. Avanza algunos pasos hacia el puesto que el instructor le indica con ademán adusto. Es la prueba más dura, que temen incluso los más fuertes: la simulación de la tortura para sonsacar al aspirante una información que no debe facilitar. Al pasar junto a ella, la joven pelirroja le desliza en la mano un pedazo de tela al que se aferra con todas sus fuerzas. En situaciones extremas se crean vínculos impenetrables: ese pañuelo de hilo con las iniciales V. D. bordadas en color azul será su talismán para superar la prueba.

Se despierta inquieta. Del descansillo le llega una fragancia sutil, levemente familiar y a la vez turbadora. Huele el peligro. Salta de la cama como un felino al acecho. Desde que custodia el microchip, duerme medio vestida para tener fácil la defensa, o la huida en caso necesario. Pero no tiene tiempo de ponerse los zapatos, y sus pies descalzos acarician el piso sin ruido. Con la mano derecha empuña la Ruger ultraligera de nueve milímetros de la que nunca se separa. La desliza con suavidad entre su ropa íntima, y su piel se estremece al contacto de la culata metálica.

Espera junto a la entrada, conteniendo el aliento. La fragancia sigue ahí, potenciada ahora por el olor a transpiración humana. El picaporte empieza a girar de manera casi imperceptible. Luego, alguien enciende la luz del descansillo y suenan golpes en la puerta. Eso no estaba previsto. ¿Qué efectivo de Operaciones Especiales actuaría de forma tan burda? Repasa mentalmente el manual que todo alevín del Servicio Secreto lleva grabado en el cerebro, buscando la respuesta más adecuada a un acercamiento abierto. Entonces los golpes cesan, y alguien apremia: —Abre, soy yo, Virginia —el tono pastoso y cálido, la inflexión levemente desafinada de aquella voz siempre que rogaba o conminaba. Descorre el cerrojo y se encuentra ante una mujer de su misma edad y estatura. Los años han respetado el destello enigmático de los ojos violeta, pero el hermoso cabello rojizo está ahora teñido de oscuro y recogido con prisas. Percibe la huella del tiempo en ese rostro que ha amado y, de manera maquinal, se lleva una mano al suyo. Error decisivo. La agente doble Virginia Duncan, su antigua aliada, su adversaria, su némesis, aprovecha ese instante de flaqueza para inmovilizarla y clavarle un punzón en la yugular.

No mana mucha sangre de la herida, apenas un hilillo que se desliza por el pecho de la mujer caída, señalando el camino hasta el codiciado trofeo. Prendido al cinturón está el microchip, envuelto en un pañuelo muy gastado. Al agacharse para desdoblarlo la agente doble reconoce, bordadas en azul, sus propias iniciales.

Merienda en la hierba

Ven, Martina, sentémonos aquí enfrente del sepulcro. ¿Ves qué bonita está la hierba, tan verde y suave? Pero espera, antes extenderé la manta para protegernos de la humedad. Mira, he traído la merienda: pan con queso y membrillo, y de postre, ¡adivina!, las uvas de moscatel que tanto te gustan. Cuidado, come despacito, que no se te manche ese vestido tan precioso, que te he bordado para tu cumpleaños. Voy a limpiar la lápida con estas bayetas de celulosa, me gusta que esté reluciente. Las flores colócalas tú misma, tienes mucho arte para eso.

Ay, chiquilla, no paras, deja de saltar de un lado a otro que te puedes caer. ¿Quieres hacer pis? Vale, ve detrás de aquel árbol. Yo vigilo que no venga nadie, no te preocupes. Espera que cojo papel, ya ves que en este bolso cabe de todo. He metido incluso tu libro de cuentos favorito, ¿recuerdas que siempre me pedías que te leyera uno antes de irte a la cama?

¡Qué linda estás! Voy a comerte a besos. Nadie tiene la piel tan suave. Ahora estoy cansada, no tengo el vigor de antes. Deja que apoye un instante la cabeza en tu regazo, así. Qué agradable esta brisa de primavera.

Perdona, he debido de quedarme dormida un buen rato, porque está oscureciendo. Ha llegado la hora de despedirme. El tiempo se me hará eterno hasta que vuelva a visitarte.

Y es que solo me siento viva en estos ratos que compartimos las dos aquí en la hierba. Que tenga paciencia, me dices. Que rehaga mi vida. No te imaginas lo difícil que es. Fuiste mi única hijita. Cuando te enterramos, mi alma quedó sepultada contigo.

El visitante

Creo que mi marido va a dejarme. Ha tomado como pretexto la epidemia que nos asola para trasladarse con sus bártulos preferidos a la casa del pueblo. Al principio fue un alivio porque después de su jubilación se quedaba todo el tiempo en casa, nos tropezábamos por el pasillo y a cada rato encontrábamos motivos de disputa.

Hablamos todos los días por teléfono, aunque es verdad que casi siempre he de llamarle yo. En esas breves llamadas intercambiamos información banal sobre nuestras vidas, nos interesamos mutuamente por la salud del otro y nos despedimos con esa mezcla magistral de afecto e indiferencia que es prerrogativa de los viejos matrimonios. Es solo una intuición, pero lo noto cada vez más distante, impaciente por poner fin a la llamada, como si algo o alguien que yo desconozco, más interesante que mi persona, estuviese reclamando su atención.

La ciudad en verano se convierte en un infierno de sol del que me protejo bajando las persianas, lo que significa pasar el día entre sombras. Los amigos se van cansando de mis largos silencios y casi no recibo llamadas, así que cuando terminé de hablar con mi marido apagué el teléfono. Hice la compra por Internet, no me apetecía salir.

La soledad nunca me ha asustado. Más bien ha sido esa indefensión que sentimos los torpes ante los pequeños percances domésticos lo que ha conseguido perturbarme: un grifo que gotea, una ventana que no cierra bien, todo ello debo resolverlo ahora sola, y me abruma en grado indecible. Con mucho esfuerzo conseguí cambiar las cuerdas del tendedero. Justo cuando terminaba una bandada de palomas levantó el vuelo oscureciendo el cielo, como nubes que presagian tormenta.

Me desperté a esa hora ambigua en que los noctámbulos dan por terminada la noche y algo indefinible anuncia que las sombras empezarán a retroceder. Se había levantado una brisa refrescante que acariciaba las cortinas del dormitorio; desde la cama, observé sus ondulaciones y me sentí bien.

Entonces lo vi o, no sé, a lo mejor lo soñé: un pájaro de gran tamaño se posó en mi ventana y batió con suavidad sus alas, como invitándome a acercarme. La luz de las farolas lo envolvía en un halo traslúcido. En la penumbra del cuarto, fui incapaz de apartar la mirada. Una reverberación incendió los colores de la cortina, y entonces vi que no era un pájaro. Pensé en la Anunciación de Fray Angélico y creí formar parte de un momento extraordinario.

Esta mañana al maquillarme frente al espejo me palpé dos marcas, dos puntitos oscuros casi imperceptibles en el cuello, debajo de la oreja izquierda. Deseé tener un par simétrico debajo de la otra oreja, y ese pensamiento me produjo un regocijo turbador.

Nunca es solo sexo

Mi amigo Berto es guapo, con una belleza elegante y discreta que seduce a todos, sea cual sea el sexo o la edad del observador. Familiares y amigos conocen sus preferencias homosexuales, que él asume con naturalidad, sin sentirse obligado a dar explicaciones, pero tampoco a reivindicar nada. No le gusta mucho la fiesta del orgullo gay, por el hincapié que se hace en lo estrafalario y ruidoso; opina que ese barullo mueve a confusión, pues la gente tenderá a identificar la homosexualidad con ciertas maneras impostadas de vestirse y gesticular que nada tienen que ver con él ni con muchos otros.

Es verdad que Berto seduce a todos. La única excepción que conozco es mi padre, que siempre procura criticar sus decisiones y rebajar sus triunfos profesionales. Claro que mi padre rebosa testosterona. Es de los que dan un puñetazo en la mesa y hacen callar a los demás. Cuando yo era niña lo respetaba, pero ya no. A menudo, acuso a mamá de ser una hipócrita por representar ese papel de mujer sumisa que no le va nada. Creo que no se acuestan juntos desde hace años. Él vuelve tarde por la noche y ella madruga para pasar las mañanas supuestamente callejeando con sus amigas, pero yo sé que no es así, porque veo su mirada cuando se arregla para salir y cuando entra en casa con la cara encendida. A mí me favorece ese desorden, porque así me dejan hacer mi vida en paz.

Tengo otros amigos en el instituto, lo normal. El curso pasado me gustó mucho un chico que estuvo tonteando conmigo hasta que descubrí que me engañaba con mi mejor amiga. Me costó superarlo. Desde entonces, la única persona que ha estado a mi lado sin fingir cosas que no siente ha sido Berto. Somos como almas gemelas y siempre decimos que en el futuro viviremos juntos, compartiendo todo menos la cama. A fin de cuentas, no siento mucho deseo físico; aunque me guste mucho un chico, no necesito expresarlo con caricias ni nada de eso. Ya sé que suena raro en estos tiempos, en los que todo tiene que ser tan explícito. En la publicidad y en las tiendas de ropa para jóvenes se ve mucho erotismo, incluso pornografía. Pero ahora hay gente como yo, que se atreve a reconocer que la sexualidad no es lo más importante en su vida, y eso me tranquiliza porque me siento un poco menos extraterrestre.

El Día del Orgullo, unos cuantos del instituto decidimos acercarnos a ver la parada de carrozas, por curiosidad y sobre todo para disfrutar del ambiente festivo y del bailoteo. En primera fila desfilaban varios figurones del mundo de la política y de la televisión, haciendo gala de tolerancia.

Me estaba divirtiendo hasta que Berto me indicó con un gesto que mirase hacia un grupo de travestis. Y allí lo vi: bajo una melena postiza y un traje verde de lentejuelas, pude distinguir sin lugar a dudas los rasgos de mi padre. Su aspecto era ridículo, pero yo ni siquiera sonreí. Me vine directa a casa. Desde entonces, cada vez que da un puñetazo en la mesa con furia, me lo imagino allí sentado con una peluca torcida y ya no le tengo miedo.

Gafas nuevas

Que tengo dos caras, me dice Marco. Las gafas me dan un aire de estudiosa, de profesional seria y algo fría. Cuando me las quito, privado el rostro de esas pantallas protectoras, queda al descubierto el desvalimiento que todos tenemos en el fondo.

Yo creo que tengo muchas más caras, como todo el mundo. Lo noto porque cada una de ellas va unida a una manera de reír que le es propia.

Ante mis sobrinos me presento como una mujer mundana y sofisticada, que desde niños los invita a viajes y conciertos y les descubre nuevas facetas de ese prisma deslumbrante que es la vida lujosa y cosmopolita. Con ellos, me gusta mostrarme sosegada, protectora y levemente distante, un poco al estilo de Lauren Bacall cuando flirtea con Bogart. Por eso me sorprendió oír al descuido que el mayor de ellos me llamaba despectivamente «esta tía pesada». Ahí lo que me salió fue una risa congelada.

Cuando se hundió la bolsa y perdimos todo el capital invertido en valores, mi disposición a la hilaridad era nula. Prefiero no recordar la cara que debía de tener entonces: un rictus de dureza que de poco me valió para salvar el patrimonio.

Las raras ocasiones en que hablo con mi marido por teléfono para tratar algún asunto práctico, toda mi apariencia, voz y gestos, denotan el tedio que me invade sin remisión. Asegura Marco que profiero entonces una risotada patética de pura falsedad.

En los momentos de intimidad amorosa, cuando al desnudarme me siento deseada, es todo mi cuerpo el que se regocija.

Las ocurrencias absurdas de mi nieta de cuatro años me provocan locas explosiones de risa, infantiles y maravillosas.

La doble vida que he llevado estos años me ha generado una fuerte crisis de identidad, y últimamente no sé muy bien por donde me ando. Hace poco, mientras alguien ensalzaba la interpretación de un conocido pianista a la salida de un concierto, solté un gemido de helado sarcasmo que dejó desconcertados a los presentes. Al presentar la declaración fiscal en las oficinas de Hacienda me impusieron un recargo por estar fuera de plazo; recibí la noticia regalando a la circunspecta funcionaria una carcajada divertida como si me acabase de contar un chiste. Y lo peor es que las últimas payasadas de mi nieta, lejos de despertar mi hilaridad, me han sumido en un mar de lágrimas.

Ahora celebro los arrumacos de mi amante con la risa falsa que antes reservaba para mi marido. Pensé confesárselo todo a este y poner en orden mi vida, pero Marco, esbozando una sonrisa taimada, sugirió que antes encargue unas gafas nuevas.

Salud pública

Tocar a alguien que no pertenezca a tus relaciones de primer círculo está penado con meses de prisión. Olvidar los guantes de polibenzolita cuando entras en un recinto cerrado supone la expulsión inmediata de este: si se trata de un mercado de alimentos, la pena conlleva además la prohibición de abastecerte durante dos días. Dejar abierta la escafandra cuando caminas al aire libre, aunque no haya elementos humanos cerca, se castiga con un internamiento forzoso de tres semanas. Tener contacto carnal se permite solo con fines reproductivos, y previa autorización oficial.

Los pocos ancianos que quedan hacen relatos fantasmales de la última peste, que se prolongó en varias oleadas y diezmó la población mundial. Las crónicas lo confirman. Las industrias fueron destruidas debido a la escasez de materias primas y de operarios para procesarlas. Se agotó el combustible. Los hospitales se llenaron de cadáveres. Las familias dejaron de enterrar a sus muertos y, casi peor, de honrarlos con ninguna ceremonia, por sencilla que fuese. Ciudades enteras quedaron desiertas. Los supervivientes huyeron hacia las pequeñas aldeas, volviendo a poblar, en una suerte de ajuste de cuentas de la historia, lo que se había dado en llamar «los territorios vaciados». Sin ley ni orden, proliferaron la rapiña, los expolios y abusos de todo tipo. Los mejores sucumbieron, mientras los más dotados para el mal se hacían los amos del caos. El hombre fue lobo para el hombre, y la vida se convirtió en un infierno.

Entonces surgieron los nuevos cabecillas. Se hacían llamar Los Salvadores y, a cambio de servilismo y complicidad, te entregaban unas ampollitas de una disolución que prometía el milagro. La gente, recelosa al principio, se preguntaba de dónde podía proceder tal cantidad de suero curativo y quienes eran sus creadores, pero nadie se negaba a probar el preciado líquido. Y el milagro se hizo. El suero resultó un eficaz remedio contra la plaga. Poco a poco, los contagios cedieron, al tiempo que se iba estructurando el Nuevo Orden Total.

Hoy no hay clases sociales, sino clases sanitarias, oficialmente tres, que varían en función de su resistencia a la enfermedad. La élite la componen los higienicabales, de rasgos físicos perfectos y salud sin tacha, fruto de una sofisticada hibridación genética de laboratorio. Luego vienen los fisioanfóteros, cuya respuesta a los agentes nocivos es variable, pero en general aceptada. Por último, los idiomarginales poseen una naturaleza frágil que los expone a continuas patologías; demasiado numerosos, avergüenzan a nuestros cabecillas porque representan el fracaso de la moderna ingeniería sociohigiénica.

Unos cuantos inclasificados hemos logrado escapar a los mecanismos de control del poder. Nos movemos sigilosos por las galerías inservibles del antiguo transporte metropolitano, donde ni siquiera osan adentrarse las fuerzas de seguridad. Para obtener comida hemos de recurrir a la corruptela del sistema, que camina por vericuetos inopinados. No nos sometemos a exploraciones médicas, ni nos interesa gran cosa la salud. Sabemos que no tenemos futuro, pero no podría decirse que estemos desesperados. A diferencia de los normalizados, podemos tocarnos, sentir el calor de un cuerpo amigo, abrazarnos en busca de consuelo, besarnos con pasión. Tozudamente, nos concentramos en lo que nos importa: preservar el más genuino aliento humano. En estos subterráneos que habitamos la intensa contaminación radiactiva suele ser causa de esterilidad, pero, contra todo pronóstico, Nadia ha dado a luz una niña. La llamaremos Hope.

Una fruta extraña

Mi horizonte es un campo de cereal. Dondequiera que mires, la planicie se extiende sin límite. Solo una suave ondulación del terreno, no lejos de la hacienda, rompe la monotonía formando una pequeña vaguada. Allí sobrevive una reliquia vegetal, una encina vetusta de noble aspecto. Quién sabe por qué la respetó el hacha insaciable de los antepasados de mis amos, que con laboriosidad frenética despejaron estos terrenos de árboles para mejor exprimir las entrañas de la tierra en su beneficio. Y en el nuestro también. A cambio de los servicios prestados, nunca faltan unos huesos para roer o una pitanza de patatas o arroz. Y la compañía.

En los mediodías de verano, durante la siega, el Ángelus que precede al almuerzo suaviza por un momento el gesto de los labriegos. El ama me da de comer primero, privilegio de la antigua alianza de mi raza con la hembra humana. Luego los miembros de la cuadrilla, de seis a ocho habitualmente, se van sentando a la sombra generosa del árbol. Pasan de mano en mano las cantimploras y las botas de vino. Brillan las navajas con relumbre buena; es el acero servicial de cortar pan y queso, no el otro, taimado, de herir tejidos vivos que sangran. Estallan las risas, con suerte alguien entona una canción de siega. El Canelo y yo nos contagiábamos de nerviosa alegría y solíamos retozar jadeando entre los pies de los hombres, hasta que alguien nos propinaba un grito o un puntapié para apartarnos. Menos la Lucía, la hija del ama. Más dulce y cariñosa no la hay.

La hemos visto salir de la vivienda al amanecer, descalza y sin recogerse el pelo. Yo la sigo casi hasta llegar a la vaguada umbría, pero me distancio y oculto un poco antes para que el mozo que la está esperando no me vea. Ojos rasgados como puñales y en la voz un fondo de rencor sordo, como una sed insaciable de algo. Siempre le escapo. El Canelo es más valiente, no le tiene miedo.

La mañana en que desapareció la Lucía y los hombres formaron cuadrillas para buscarla sin descanso por los sembrados, tampoco había rastro del Canelo. Caían ya las sombras de la noche cuando recordé los ojos como puñales y la voz de rencor insaciable. Corrí hacia la gran encina. Una fruta extraña colgaba de una de sus ramas. Aullé y aullé a la luna hasta que vinieron a bajar al pobre Canelo, con el pescuezo partido por la soga que lo estrangulaba. Escondida entre las mieses encontraron a la niña, magullada pero entera, que no dejaba de repetir: «el perro me salvó, el perro me salvó».

ADN

Somos legión. Individualmente no significamos nada. En rigor, nunca hemos nacido: existimos desde que, en épocas tan remotas que todavía nadie ha cifrado, se obró un raro prodigio. Carbono, oxígeno, hidrógeno y nitrógeno: cuatro elementos bastaron para constituir una doble hélice capaz de autorreplicarse, dando así origen a las primeras formas de vida sobre la Tierra. Nosotros somos solo fragmentos de esa hélice que necesitamos invadir seres más sofisticados para reproducirnos. Esa es nuestra debilidad y también nuestra fuerza.

Qué frágiles son los cuerpos organizados en células, qué expuestos están a nuestro armamento. Nuestros preferidos son los de sangre caliente y, entre todos ellos, los de esa especie orgullosa que amamanta a sus crías y camina erguida sobre las extremidades posteriores. Diminutos como somos a sus ojos, tenemos poder para hacer enfermar sus pulmones, corazón e intestinos. Ningún órgano o sistema se nos resiste. Ellos buscan denodadamente destruirnos: investigan fármacos y vacunas que les liberen de nuestro ataque, con escaso resultado. Han aprendido, es verdad, a utilizar a algunos de nosotros con fines beneficiosos. Pero esto representa solo una pequeña batalla en la guerra definitiva. Están sentenciados y se niegan a creerlo.

No actuamos con saña, sino con la neutralidad de una piedra. A veces, nos mezclamos con el material genético de nuestros anfitriones nacidos de mujer, con el resultado de mejorar su linaje. Ellos dicen que por azar. También ahí se equivocan, pues toda su sabiduría no les permitirá jamás dilucidar las leyes del Cosmos, ni su orgullo les dejará aceptar que a una forma inframicroscópica le sea concedida mayor longevidad que a un ser extraordinariamente complejo, dotado de una mente capaz de pensar.

Si, como ellos dicen, tienen alma, a nosotros nos es indiferente. Lo que no saben es que nuestro ADN posee la impronta de otras estirpes más perfectas, acaso ya extinguidas, que vivieron en planetas alejados de la Tierra y de su galaxia hace un tiempo incalculable. Y ¿qué sentido tiene datar el nacimiento o la muerte, si todo forma parte de la misma rueda que gira y gira sin cesar?

Ausencia

Fue un error venir. Cada vez que salgo de la casa he de atravesar el pequeño rincón del jardín que tú cuidabas y llenabas de flores con amor y buen gusto. Ahora es invierno y está vacío de colores. ¿Lo llenará alguien en primavera? Siempre se hará sentir tu ausencia. Me has dejado huérfana, más que cuando murieron nuestros padres.

Como una daga se me clavan tus palabras de este verano, cuando ya no estabas bien:

—Clarita, qué poco te veo.

Ni siquiera tenían la exigencia de una queja; era el dulce reclamo de mi hermana pequeña.

—Pareces una pitufa —te decían las enfermeras del hospital. Tan friolera siempre, abrigada con tu gorrito de lana hasta el último suspiro. Si alguna noche no me quedé contigo por estar rota de cansancio, si te fallé en alguna ocasión, sé que me has perdonado. Al final te protegí como tú querías y eso me da algo de paz.

Mañana es ya Nochebuena. No he tenido tiempo de hacer mi duelo, no puedo jugar con la niña y reír como antes. ¿Qué le voy a decir? Pero ella está aquí, camina, habla, hace preguntas. Veo su carita confiada, tan parecida a la tuya cuando tenías su edad, y es como si algo de ti se hubiese quedado con nosotros, y nos consuela de tu ausencia.

Como hojas en otoño

Desde la ventana de mi salita veo los árboles. Los plátanos de paseo conservan todavía la mayor parte de sus hojas, que empiezan a amarillear, en contrapunto con el rojo fuego de los arces. ¡Qué solitarios y tristes me parecen en esta mañana gris! Ayer tarde, por el contrario, estallaban de colorido a la luz del ocaso. Más que ninguna otra estación, el otoño me recuerda que los seres vivos estamos hechos de tiempo. Vivir significa crecer, evolucionar, contar años.

La primavera y el verano se complacen demasiado en su fértil presente, la una pletórica de energía juvenil, y el otro, ajetreado con la fructificación y la cosecha. Es tiempo de bendiciones en el que Deméter, deidad de la Tierra, se muestra generosa con los seres vivos, regalándoles sus dones. Durante seis meses. Y cada año se reanuda el ciclo: Perséfone abandona a su madre para reunirse con su siniestro esposo, el dios que reina en el submundo. Es cuando la Tierra languidece de nostalgia y descuida sus deberes, sumiendo a sus habitantes en el frío y la oscuridad. Y llega el invierno, embajador de la muerte.

Regreso a mi ventana y me fijo en una rama que conserva una única hojita, frágil y desvalida: al menor soplo de brisa tiembla, seguramente por miedo a caer. Metáfora de nuestra vida, como supo expresarlo Giuseppe Ungaretti, en un poema dedicado al sufrimiento de los soldados durante la guerra:

«Si sta come
d'autunno
sugli alberi
le foglie».

Como hojas en otoño, temblando sobre los árboles. En la esquina de mi calle, una pequeña orquesta interpreta una pieza muy conocida. Las cuerdas barrocas dibujan arpegios en compás muy rápido de tres por ocho. El concertino se esmera en los pasajes de mayor virtuosismo alternándose con *i tutti*, que repiten con entusiasmo el ritornelo. Para componer su *Otoño*, el sacerdote pelirrojo se inspiró en un poema que celebra la algarabía de la recolección y la caza. Sin soltar la mano de su padre, una niña se para a escuchar. El arte deja en suspenso la rueda del tiempo, y toda mi calle es ahora una fiesta.

Desafinado

Esto era un pájaro que no sabía cantar. A decir verdad, sí cantaba, pero su voz no era muy agradable, todo lo más le salía un cacareo de gallina. Se daba cuenta y eso le entristecía, porque él podría estarse horas escuchando los melodiosos trinos del ruiseñor, el jilguero y el canario; incluso los silbidos del mirlo le parecían seductores.

Si por azar vislumbraba su reflejo en las charcas de la ribera le gustaba lo que veía, y consideraba injusto que de aquella linda cabeza, rematada por un gracioso copete de plumas, saliesen sonidos tan estridentes como los suyos. Así que se acostumbró a revolotear en silencio cuando merodeaba entre los alisos y los fresnos en busca de nidos que saquear.

Callar tiene una ventaja, y es que uno deja de distraerse con cháchara y se vuelve más observador. Poco a poco aprendió a distinguir mejor los habitáculos de otras aves y se fue especializando por así decir, hasta que llegó un momento en que solo robaba los huevos de las urracas, esos pajarracos abusones que destrozan los nidos de las avecillas cantoras. Y pensó: si freno la expansión de las urracas, nacerán más pequeñuelos de esas otras especies de garganta privilegiada y, por caminos azarosos, mi voz rota habrá servido para que el aire se llene de melodías. Y así fue. La primavera siguiente el bosque se despertó lleno de música. Considerando todo esto, comprendió que el repartidor de voces era sabio y dejó de parecerle injusto el lote que le había tocado en suerte.

Días de radio

El domingo es un día en suspenso, por la mera razón de que es víspera del lunes, y habrá que volver al colegio. Esas tardes grises de lluvia mórbida, su madre sentada cosiendo sobre la mesa camilla, su padre siguiendo los resultados de la quiniela, el soniquete de la voz del locutor que retransmite el partido, el chocolate con churros de la merienda. Desde entonces y para siempre, Laura será mujer de rutinas y enemiga de las sorpresas.

Abel se afeita a navaja. Primero se enjabona haciendo círculos con la brocha, por alguna razón se eterniza sobre la mejilla derecha mientras pasea por el pasillo, el torso al aire, vestido solo con el pantalón del pijama y las babuchas. Escucha las noticias de la mañana en el pequeño transistor. Lo lleva consigo de habitación en habitación mientras se enjabona, dale y dale con la brocha, para comentar la actualidad con su mujer que se atarea en la cocina o con alguno de los hijos adolescentes, que se preparan para ir al instituto. Ellos se burlan con ternura de ese rito matutino del padre.

Durante la semana se acumulan prendas de ropa, manteles y sábanas. Quiere dejarlo todo recogido porque mañana es su día libre. En la casa son cinco de familia, más ella y la cocinera, y los señores reciben con frecuencia invitados, gente de mucha dignidad. Para Greta la dignidad está en hacer bien su trabajo. Además, le gusta planchar, aunque tenga que «echar» la tarde entera. El olor de la ropa limpia impregna el cuartito, el más pulcro de la casa, con su ventana al patio. Enciende el aparato sobre la encimera y mientras trabaja escucha el serial radiofónico. Las tardes que toca Matilde, Perico y Periquín, le hace compañía la pequeña Celia, que se cuela en el cuarto y se sienta en un taburete junto a ella.

Lo primero que hace Susana al entrar por la noche en la casa vacía, antes de dejar las llaves y el bolso, es encender el aparato de radio. No es para ahuyentar el miedo: busca el calor de una voz amiga. Luego se desprende del abrigo y, con él, del cansancio acumulado tras horas de oficina. Se contenta con una cena ligera. El Consultorio Sentimental sostendrá su soledad hasta que se quede dormida.

Este año, Lea no ha ido a la playa con el resto de la familia. Descuidó los estudios y tiene que repasar duro para los exámenes de septiembre. Ay, esas tardes de julio y agosto en la ciudad abrasada. El ventilador arroja bocanadas intermitentes de aire fresco, que serpentean con la frecuencia modulada de Los 40 Principales. Soplos de aire fresco y melodioso que dan alas a sus sueños.

El penar del agua

Era un día como otro cualquiera. Caminaba por el soto de castaños siguiendo el curso del río, como había hecho tantas veces. En otros parajes, en otras épocas. Había recorrido un buen trecho del sendero cuando se detuvo a beber de la cantimplora que llevaba colgada al cinto. Pensó que el cansancio, con ser mucho, no bastaba a explicar la magnitud de su desaliento. Se descalzó para acercarse a la orilla del regato. Allí donde el cauce formaba un recodo, las aguas se arremolinaban y buscaban su camino golpeando con mansedumbre las piedras del lecho. Sus pobres pies hinchados por el calor y castigados por la larga caminata recibieron la caricia blanda de la hierba, y luego la del agua fresca. Recordó el fluir de otros ríos, otros bosques amenos, unos pies más pequeños que los suyos corriendo por el prado y rompiendo el cristal líquido con la luz de su blancura. Sin aparente conexión, pensó luego en la inmensidad del mar insondable. Le parecía que su vida hacía tiempo que había dejado de ser torrente y se acercaba a ese abismo oceánico que es el destino de todos. El penar del agua es el nuestro: con este pensamiento se adormeció.

El sonido de una tonada vino a sacarlo de su ensueño. Un viejo se acercaba silbando. Al verlo, lo saludó con cortesía. Se sentó a su lado y, sin mayor ceremonia, le ofreció compartir una tajada de sandía. Mientras comían, no dejó de observarlo.

—Veo que tu corazón soporta un gran peso, casi tan grande como tu culpa.— Sin aguardar respuesta desvió la vista hacia el río y levantó un brazo para señalarle unos salmones que aleteaban furiosos lanzando destellos.

—Míralos, luchan contra el ciego azar, esquivan todos los obstáculos remontando la corriente para criar en lugares favorables. Los adultos quedan tan agotados después del desove que muchos mueren en su viaje de regreso al mar. Su sacrificio dará origen a multitud de alevines que reanudarán el ciclo. El individuo muere, la especie renace —le dijo el anciano al despedirse, pero esta idea no le brindó ningún consuelo.

Sin embargo, mientras lo veía alejarse por el sendero se representó en su imaginación un escenario nuevo: el de una naturaleza pintada de vivos colores, restallante de armoniosos sonidos, y liberada al fin de todo acto de violencia. Hombres y mujeres unidos en el huerto del Edén. Cerró los ojos para retener las imágenes. En el agua surgió la vida, del agua vendrá el renacer, se dijo. Tal vez.

El poeta y la guitarra

Elena abrió la puerta con rostro resplandeciente. Nos presentó a su novio Manel, que me cayó bien enseguida. Luego me arrastró fuera de la sala para charlar a solas de nuestras cosas mientras me enseñaba la casa, un dúplex decorado con ese toque bohemio-elegante que estaba de moda. Me alegré tanto por ella, salía de una mala racha y se merecía que las cosas le fuesen bien.

Cuando nos sentamos los cuatro a tomar un vino, Manel la tenía agarrada por la cintura. Se me hizo dolorosa la diferencia entre la flamante pareja y el tándem que formábamos Toño y yo, que, desgastados por la convivencia, no dejábamos de picarnos mutuamente. Me fijé en la guitarra que descansaba en un rincón de la sala. Había bebido un par de vinos y, sin venir a cuento, empecé a recitar los versos de Lorca:

«Empieza el llanto
de la guitarra.
Se rompen las copas
de la madrugada».

Toño estaba tenso y se puso a hablar de nuestro intento fallido de inseminación artificial. Yo deseaba mucho tener un hijo, que él no podía darme. Si algo no soporto es que se dedique a relatar pormenores de nuestra vida privada sin pedir mi consentimiento. Quise advertirle con la mirada, pero él seguía y seguía, regodeándose en los detalles más íntimos. Me levantaba para ir al baño y, justo al dejar la copa, mi ira explotó: ya oía mi propia voz diciendo, en sus tonos más agudos «¡estoy harta de los hombres!», cuando rompí el cristal y el vino tinto se derramó sobre mi falda. Con ello conseguí provocar la hilaridad general y rebajar la tensión. Si lo pienso, es extraño que todos lo tomásemos a broma. El mismo Toño reía de buen grado. Por el camino de vuelta a casa me iba declamando la continuación del poema:

«Es imposible callarla,
llora por cosas lejanas».

Arrastraba las palabras. Ninguno de los dos sabíamos que toda la velada aquella había sido un preludio.

Llora el niño en la cuna. El rostro de todo bebé es un lienzo en blanco. La vida irá dibujando en él líneas de expresión con pinceles determinados por la herencia. Nunca podré rastrear la mitad de esa herencia en el rostro de mi hijo. Me pregunto si tendrá alma de poeta, o si algún día pulsará las cuerdas de una guitarra. Llora el niño en su cuna, y yo le arrullo cantando:

«Llora monótona
como llora el agua,
como llora el viento
sobre la nevada».

El tiempo es una ilusión

Camino rápido para cruzar la calle. No veo que el semáforo se ha puesto en rojo. Un sedán salido de la nada se dirige hacia mí. Cierro los ojos. Un solo punto puede ser el centro del Universo, y en un instante cabe una vida entera. Contamos horas, semanas y años, pero no es más que una ilusión, ahora lo sé.

La abuela dormita al sol de agosto. Hace un rato no se acordaba de lo que había comido ayer, pero se entretuvo contando historias de cuando era niña. Escucharla nos serena: su voz, las palabras que usa, las cosas del pueblo y de la familia que solo ella puede contarnos ya. No tiene prisa, su reloj es otro.

En la penumbra del dormitorio, mi mujer amamanta a su hijo. Mientras el bebé succiona, la manita se aferra al pulgar de la madre. Ella se pregunta si crecerá sano, a quién se parecerá. Si llegará a ser una persona de bien. Luego me sonríe confiada, en su imaginación se dibujan proyectos para el futuro. Su hijo tendrá un porvenir luminoso. Termino de vestirme. tengo que dejar a mi familia para regresar a la ciudad.

Conduzco de noche, no me detengo hasta llegar al límite del páramo. Alborea cuando paro a echar gasolina. Ante mí se extiende el horizonte interminable, la luz agotadora, el aire que no huele, el silencio. La ausencia aparente de toda mancha humana. Atrás quedan el valle fértil, los últimos cultivos creados por la laboriosidad de muchos, esas parcelas de verde arrancadas año tras año a la tierra yerma. Lo que ahora contemplo es el viejo planeta indiferente. Pienso que, sin vida, no hay tiempo, no hay cronología comprensible.

En mi estudio de la ciudad, disparo el *flash* de mi Hasselblad con repetidos fogonazos. Se oyen los chasquidos, una y otra vez, y las modelos parecen contorsionarse a su ritmo. El vals de la cámara va modulando la barroca puesta en escena, cuyo movimiento busco congelar en instantáneas para la eternidad.

Maya sale conmigo después de la sesión. Su lascivia me excita siempre. Entre frotamientos, sudores y jadeos, llegamos al clímax. Pequeña muerte, se le llama a ese momento de éxtasis en que la mente queda en suspenso y el cuerpo parece desintegrarse por el estallido incontrolable de sensaciones placenteras. Pequeña muerte: el goce terrenal más intenso es también el más efímero.

Regreso al estudio. Camino rápido, tengo cita con un cliente importante y no quiero llegar tarde. El semáforo está en ámbar, voy a cruzar la calle.

La azotea

No sentí nada mientras la ambulancia se llevaba a Elvira.

Fue durante los meses en los que estuvimos confinados sin ir al colegio, y los adultos solo hablaban de la pandemia. Varias familias de nuestro edificio, considerando que los niños sufríamos más por causa del aislamiento que por la exposición al coronavirus, acordaron dejarnos subir a la azotea para merendar. Allí, sin mascarillas ni restricciones de proximidad, por unas horas nos hacíamos la ilusión de ser libres. Igual que el presidiario que sale al patio, respira hondo y levanta la cara al cielo en busca de algo, un horizonte, esperanza, qué sé yo. Saludábamos, primero con timidez, luego ruidosamente, a los vecinos que se asomaban en los edificios cercanos. Nuestras voces se perdían en la ciudad desierta.

Los otros chicos eran algo mayores, circunstancia que aprovechaban para embromarme. Me llamaban gafotas sin mucha acritud. Alguna vez tuve que cederles el chocolate que mamá añadía a mi bocadillo. Eso me daba igual, formaba parte de los juegos. Hasta que llegó Elvira. Más alta que yo, una minifalda escocesa de tablas realzaba la esbeltez de sus piernas. Autoritaria, mangoneaba a los otros chicos. Con un gesto inimitable, se echaba para atrás la cinta del pelo, que se le escurría una y otra vez. Yo admiraba aquella melena oscura y brillante, y luego intentaba domeñar mis guedejas rebeldes de pelirroja.

La azotea era espaciosa y muy desabrigada. Con el viento de espalda, corríamos de un extremo a otro del pavimento, los brazos abiertos en cruz, y era como si fuésemos ingrávidos; si el viento venía de cara, la consigna era abrir la boca bien grande para gritar a pleno pulmón virusvirusvirusvirus... Entonces, con secreta malicia, yo modificaba el trabalenguas recitando para mis adentros viraviraviravira... como un rito por el que proyectaba en mi rival la letalidad de la infección.

Ella nos enseñó el juego de la búsqueda del tesoro. Antes de la hora de merendar, uno de nosotros escondía pequeños objetos sin valor y papelitos con indicaciones. Da diez pasos a tu izquierda, debajo de una cruz, por donde se pone el sol, etc. Si descifrabas los acertijos, obtenías el premio: un llavero, una pulserita trenzada, cosas así. Yo era torpe, no conseguí ninguno. No es que me importase el tesoro, lo malo era la mirada de desdén de aquellos ojos oscuros.

Nos gustaba sentarnos allí donde el pretil era más bajo y apenas ofrecía protección. Los más valientes se subían haciendo alarde de equilibrio. Se te disparaba la adrenalina. Ni siquiera hacía falta un empujón: un leve titubeo, el roce repentino de una mano, y podías caer al vacío desde la décima planta de un edificio.

Nuestros libros

La última vez que nos vimos a solas fue para repartirnos la biblioteca. Acto definitivo, que sellaba una ruptura sentimental haciéndola irreparable. Ambos entendimos que, a partir de ese momento, no habría marcha atrás. La propiedad de muchos ejemplares era indiscutible, algunos incluso mostraban el orgulloso ex libris en sus primeras páginas: en los de ella un *tuffatore*, la silueta de un muchacho esbelto que se dispone a zambullirse en las arcaicas aguas de Paestum; en los míos, una galera con sus velas desplegadas y mis iniciales artísticamente enlazadas en el mascarón de proa. A ella se le escaparon unas lagrimitas, yo me senté en el escabel de caoba para tomarme un respiro.

Hubo textos que fueron objeto de deliberación civilizada: «No, de verdad, llévatelo tú, lo vas a necesitar más». O bien: «Este lo elegiste tú primero, es justo que te lo quedes». La aflicción nos hacía magnánimos. Primeras ediciones, repescas afortunadas en libreros de viejo, traducciones de culto con prólogos memorables. El despiece de aquella colección recopilada con amor durante años tenía algo de profanación. Con paso furtivo salimos, como malhechores que huyen.

Mis ojos no son lo que eran y me cuesta trabajo fijar la vista. Mi hija vive fuera. Su trabajo la obliga a viajar continuamente y nunca ha manifestado interés por mi biblioteca, cuyos tomos languidecen acumulando polvo en los estantes. Por estos motivos o por otros que se me escapan, llevo un tiempo desmembrando los restos de mi colección. Separo al azar dos volúmenes. Les limpio el polvo, acaricio sus cantos con las yemas de los dedos y, en una ceremonia íntima de despedida, aspiro con fuerza el olor acre de sus páginas. Luego me los llevo de paseo.

Hay en el parque un rincón privilegiado, una repisa de piedra dedicada a la consagración de la lectura. Todo el que lo desea deposita en ese altar sus libros para que otros puedan recogerlos. Y eso hago cada jueves. Pero hoy no me marché enseguida. Una curiosidad súbita me hizo fisgonear por los alrededores, necesitaba saber qué tipo de lector iba a leer las obras de las que acababa de desprenderme. Y al poco vi cómo un chico muy joven, con deportivas y visera ladeada, se metía en el bolsillo el primer tomo de la novela río de Marcel Proust, en la traducción de Pedro Salinas, *Por el Camino de Swan*. Me nacieron alas en los pies, y regresé a casa ligero como un pájaro.

Pesadilla

Había perros ladrando, antorchas en el bosque.

De lo primero que soy consciente es de que no puedo mover los brazos ni las piernas. Como si los tuviera trabados por correas muy resistentes que se me clavan en la carne. Giro la cabeza de un lado y, con el ojo que me han dejado sano, entreveo en la penumbra una silueta sentada al fondo del cubículo en el que me encuentro encerrado. Apenas una sombra. Mi cancerbero, deduzco, quizá mi torturador. Se levanta y viene a mí.

Me fractura los dedos, quiebra también mi voluntad. La tortura es un acto íntimo, pienso en sueños. Cuento cada arruga de su piel cuando se acerca, hay odio en sus ojos, al increparme escupe saliva que viene a infectar mis llagas. El olor indistinguible de nuestras transpiraciones. El terror y el odio huelen de la misma manera, ahora lo sé.

Me despabilo con la luz del amanecer, primero aturdido, enseguida con una fuerte sensación de alivio al reconocer los objetos familiares de mi cuarto. Por un instante me recreo en el tacto fresco y el olor a limpio de las sábanas. Solo eso. La fragancia que le gusta a Sara. Giro la cabeza y la veo sentada en su butaca, la que suele ocupar para hacer labores o cuando ha tenido que velar la enfermedad de alguno de los niños. Se ha dormido, rendida por el cansancio. Navega por su sueño, con una sonrisa que dulcifica sus rasgos.

Misteriosa. Súbitamente, una inquietud me devora. Quiero levantarme, pero no consigo mover los brazos ni las piernas. Visiones extrañas danzan en la noche: estrépito de metales, mi cuerpo atrapado. No consigo recordar.

Me despiertan los perros ladrando. El bosque se enciende de antorchas y voces hostiles.

Sol de enero

Este invierno no ha caído aún la nieve. Nacen las mañanas brumales vestidas de un velo blanco; en mi ventana imágenes quietas, instantáneas congeladas de frío y congeladas en el tiempo. El rocío festonea los barrotes de mi balcón y besa las hojas marcescentes de los plátanos del paseo.

Me tomo el café deprisa y me abrigo bien para lanzarme a la calle. Todo es quietud, la ciudad y sus habitantes descansan. Esta hora es solo mía, en este silencio me encuentro conmigo mientras camino, sin que me distraiga el ruido de los otros. Apartada un instante de sus necesidades, puedo tener por fin una conversación íntima y sincera con esa otra voz que ocupa siempre mi cabeza, puedo dilucidar qué es lo que yo necesito o deseo, para enseguida volver renovada a la sociedad del mundo.

Me dirijo a la casa de mi padre. No tengo que llamar al telefonillo. Él espera ya en el portal, un poco por la impaciencia de verme, otro poco por la cortesía de no retrasarse. Le ajusto bien la bufanda, es mi manera pudorosa de abrazarlo, de decirle cuánto me alegro de verlo. Abordo enseguida el único punto de desencuentro entre nosotros: yo insisto en que venga a vivir conmigo para no estar solo, él porfía por su independencia. Se cuelga luego de mi brazo y con la otra mano menea airoso el bastón, momentáneamente innecesario; se diría que lo lleva más por coquetería que para apoyarse. Caminamos con ese andar de pasos pequeños que propicia las confidencias. Yo le revelo mis cuitas y afanes presentes, él teje consejos con el hilo de la experiencia, extrayendo anécdotas de su memoria.

Casi sin darnos cuenta, hemos entrado en el parque. Un sol cauteloso se ha decidido a enviar sus rayos sobre nosotros y, poco a poco, va templando las ramas ateridas, la tierra abismada, los bancos pelados de frío. A la luz sesgada de la mañana, esos bancos de hierro arrojan sombras oblicuas que me hacen pensar en viejas fotografías en blanco y negro. Nos sentamos en uno de ellos. Contemplo el rostro amado: los ojos penetrantes del que fuera hombre respetado, a veces temido, me miran ahora dulcificados por la edad. Igual que su inteligencia se ha ensanchado para comprender y perdonar mejor, así también su sonrisa ha ganado la claridad de este sol de enero que te calienta despacito por dentro. Luz que no ciega, calor que no quema.

Un reyezuelo ejecuta acrobacias entre las ramas de un madroño. Se oye el silbido limpio de un mirlo.

Como pez en el agua

Después de unos días tranquilos, llegó julio. La casa de la playa, que por tan breve lapso de tiempo había sido mi refugio y lugar de recogimiento, se revolucionó con el alboroto de los nuevos habitantes.

Mis primos son esbeltos y atléticos, como es propio de gente que se alimenta bien y hace mucho ejercicio físico. Sensuales y prácticos, son poco dados a la lectura y a otras aficiones sedentarias. Además de los deportes acuáticos, la gastronomía es su pasión, aun diría su obsesión, y eso hace que dediquen bastante tiempo a pensar y preparar los platos. A menudo me piden que los acompañe a la plaza de abastos, donde recorremos los puestos escogiendo el pescado fresco que formará parte del menú. Si este va regado con vino, el momento de la sobremesa se prolongará con una conversación jovial, a condición de que sea intrascendente.

No es que me desagrade todo eso. Me propongo no desentonar, integrarme en sus costumbres. Cuando me quiero dar cuenta, no me reconozco. Es como si me convirtiese en otra persona. Ahora no podría escuchar la música que me gusta. Ni me acuerdo de los auriculares abandonados en un cajón del escritorio. La lectura que me tenía absorbida estos días pasados, un ensayo de Camus, languidece sin abrir en la mesilla de noche de mi cuarto.

Nadamos en la ría cerca de las mejilloneras, donde el agua se enturbia por la abundancia de plancton. He de admitir que me gusta esa impresión de vida que burbujea. Otra cosa que adoro es sentir la tirantez de la sal en mi piel, así que después del baño demoro el momento de ducharme y vestirme. Quizá sea esta manía la causa de una ictiosis que vengo notando en las piernas. Unas escamas rebeldes a cualquier loción hidratante que, al principio, interpreté como una señal. Pero a las pocas semanas me había acostumbrado y no volví a pensar en ellas.

Incluso en los días tórridos de julio la temperatura del agua es muy fría en Cabomistral, y enseguida se te entumecen los dedos y la lengua. Ese torpor termina resultando placentero; hace que la mente se adormezca también un poco y se depure así de todo pensamiento ingrato.

He empezado a notar también una viscosidad entre los dedos, que me cuesta separar, como si estuviesen trabados por membranas. Al zambullirme en el agua, ya no me sorprende comprobar lo mucho que aguanto sin respirar el aire de la superficie. Percibo el vacío mental que me invade y siento que una fuerza poderosa hala de mí hacia el frío abismo. Me tienta dejarme ir: a fin de cuentas, no está tan mal la vida de los peces.

Dalila

Todo empezó por el pelo. La genética familiar le había regalado unas canas prematuras, y Dalila llevaba ocultándolas con tintes desde la veintena. Un día, al mirarse al espejo, vio un rostro maduro, agradablemente expresivo, echado a perder por lo que parecía una peluca de muñeca rubia, artificial y sin vida. Dejó de teñirse y le sorprendió el resultado: el cabello natural crecía ahora sedoso, pincelado por mechas de plata que le daban como una aureola.

—Prueba a dejártelo crecer —sugirió su peluquero—. Una media melena ondulada realzaría el óvalo de tu cara.

Contra todo pronóstico, las canas le favorecían. Por la calle, en los comercios, la gente la miraba y le sonreía con simpatía: sobre todo las chicas jóvenes, como si, más que un estilo, apreciasen en ella un ejemplo, un modelo de madurez interesante.

El día que conoció a Sergio, se apoderó de su corazón y de su pensamiento. Ya nunca salió de ahí. Para él era una obsesión. La fue modelando, fortaleciendo su arquitectura por dentro, enalteciendo sus adornos externos. —Tú eres un imán, y lo mejor es que no te das cuenta —le decía.

A veces le agarraban unos ataques de celos feroces, invalidantes, al presenciar la danza invisible que trazaban otros hombres para situarse junto a ella, que se fingía ignorante de todo ello con una inocencia difícil de creer. Otras veces asistía complacido a aquellas maniobras masculinas. Ella despedía luz, una fuente voltaica la encendía desde el interior. Ganó seguridad, se templó su carácter y se curtió su ánimo. Dejó de tener miedo. Nunca la habían amado así, y eso le daba una fuerza que disipaba los largos años de abandono y que la hacía sentirse poderosa.

Su trabajo la obligaba a viajar con frecuencia. Durante una de esas ausencias que tanto torturaban a Sergio decidió cortarse el pelo. —¿A lo *garçon*? —sugirió el estilista.

Maldita la hora en que le hizo caso. A mil kilómetros de distancia, el corazón del hombre dejó de funcionar. Murió de noche mientras dormía, soñando acaso con su amada. En ese mismo instante, mientras terminaban de peinarla, Dalila sintió que su luz se apagaba.

La luz

Está bien dentro, tan calentito, tan suave. Todavía no consigue abrir los ojos, aunque de nada le valdría, pues se halla inmerso en la más absoluta oscuridad. Ni se le ocurre pensar en salir, y eso que se acerca el momento. Todo este tiempo su cuerpo ha funcionado con la precisión de un reloj, al ritmo de un pulso que le viene marcado y dejándose llevar. Ha encontrado abrigo y alimento sin tener que esforzarse, como cualquier parásito.

Pero todo sucede muy rápido, en esta última etapa va lanzado, y ya no es posible contenerlo. La presión golpea las paredes que lo envuelven y ha hecho desbordar las aguas. No hay marcha atrás. No sin sufrimiento, su pequeño mundo se convulsiona y sacude con contracciones rítmicas, pero ahí fuera hay técnicos que facilitarán el proceso. Andan ajetreados. Saben lo que tienen que hacer. Se acurruca y aprieta todo lo que puede para deslizarse por el canal, y entonces algo repentino sucede. Una claridad desconocida se le viene encima. Una luz abrumadora. Hay un momento de pánico; fuera de la sopa densa que lo envolvía tiene necesidad de oxígeno, pero no consigue respirar. Alguien le da unos cachetes y entonces abre grande la tráquea, ensancha sus pequeños pulmones y gimotea mientras le llega por fin el aire. Luz y aire. Unos brazos lo acogen. Reconoce el olor.

Números

Siempre vamos los cinco juntos, aunque número uno adopta una postura, digamos, enfrentada al resto, como queriendo resaltar su singularidad. Se le perdona ese capricho por ciertas virtudes que lo adornan. Ninguno como él es capaz de apuntalar y potenciar la destreza de todos los demás. Su maestría para aplastar semillas, insectos y toda clase de criaturas molestas le ha valido uno de los nombres por los que se le conoce y, gracias a él, hemos conseguido manejar herramientas y traspasar casi todas las barreras.

Alguien podría pensar que número dos es el cabecilla de la familia, por su costumbre proverbial de indicar, ordenar y señalar la dirección correcta, hasta el punto de resultar autoritario. En algunos casos hace gala también de un tacto exquisito, y entonces es el primero en reconocer, por ejemplo, la textura de un tejido o determinada irregularidad de la piel, aunque a mí me parece que es únicamente porque se ha ejercitado más.

Número tres aventaja a todos en altura y en el lirismo de algunos nombres por los que es conocido, pero solo en eso. Torpe y envarado, no destaca por ninguna habilidad, y eso que ocupa una posición privilegiada, en el centro de todo. A veces los otros cuatro, por reírnos un poco y también por despecho, nos encogemos súbitamente al unísono dejándolo a él tieso y desprevenido allí en medio, en actitud involuntariamente obscena.

Al pobre número cuatro le ha tocado una delicada misión, que desempeña con candor. Soporta el dije de metal que es garante de tantas promesas de amor y, a la vez, de esas alianzas crematísticas supuestamente indisolubles que son la base de las comunidades humanas. A la proporción de alturas entre él y número dos se le atribuyen disposiciones del ánimo como la lealtad o la seducción, pero número cuatro se lo toma con ironía y no pretende estirarse más de lo aceptable.

Soy, huelga decirlo, número cinco y suelo despertar simpatía por mi carácter servicial. Mi reducido tamaño y los atributos de agilidad que me adornan me han condenado a las tareas de limpieza más desagradables, que asumo con resignación. Rasco, escarbo y hurgo allí donde requieran mis servicios, y lo hago mejor cuando dejan que crezca sin impedimentos la fanera córnea que corona mi extremo distal.

Un juego de niños

Allá por el trigésimo tercer ciclo de la Era Definitiva se organizó una expedición de relatores, comandados por un Decisor de segundo nivel. Su misión consistía en explorar la situación geopolítica en el planeta Tierra del Sistema Solar, perteneciente a esa galaxia que sus pobladores denominan con el antiguo y peregrino nombre de Vía Láctea. Nuestro cometido era ejecutar un desembarco terrestre y diseminarnos entre los aborígenes para observar sus costumbres y calificarlas según los baremos actuales de orden y armonía universales. De esa valoración dependería su pervivencia o la sentencia de aniquilación. Hasta donde mi memoria de Clon XW75 alcanza, estos fueron nuestros hallazgos.

Los terrícolas cuentan el tiempo por años, que dividen en cuatro estaciones determinadas por su particular astrología, y que numeran a partir de la fecha de nacimiento de un antepasado mítico al que algunos veneran como un dios. Conceden una importancia desmesurada a las narraciones de toda índole, y son propensos a mezclar las ficticias con las reales en un conglomerado al que llaman Historia. Pero la parte de esas historias que hayan de tomar por cierta es motivo de grandes desmanes y peleas entre ellos. Usan mucho la palabra verdad y, sin embargo, falsean constantemente. Su respeto de las normas deja bastante que desear: varios relatores describieron casos escandalosos de corrupción, violaciones de sus propias leyes y abusos de poder. De hecho, la mayoría de aquellos antecesores viven en condiciones inaceptables, y ni siquiera se les reconoce la categoría de ciudadanos de grado funcional.

Se sienten orgullosos de su tecnología, una antigualla en términos comparativos que, además, aplican a menudo con fines destructivos. Como no han conseguido reproducirse mediante clonación positiva, siguen diferenciándose en dos sexos, aunque eso está empezando a cambiar. Practican el acto de la reproducción sexual, que adornan con mucho aparato de regocijo carnal y sentimientos. También esto es motivo de gran sufrimiento y desorden en sus vidas y causa de un fenómeno muy particular. Me refiero a que todavía conviven entre ellos ejemplares de esa etapa inicial del desarrollo frágil, desvalida e imprevisible que es la infancia, de la que otras culturas más avanzadas nos hemos liberado gracias a la metodología de la réplica cronoprogramada. Las madres y muchas veces también los padres cuidan con esmero a los hijos según atraviesan las diferentes metamorfosis de lactante, escolar, adolescente y joven adulto. A esa dedicación altruista la llaman amor, concepto que se compadece mal con las ideas de orden y eficacia que hoy privilegiamos.

Y llegamos aquí al hallazgo más intrigante, efectuado por el relator DSJ2535 en un apacible territorio. En su informe describió una actividad lúdica ancestral para la que solo hacían falta unos sencillos palos y una bola a la que golpear: la chirumba, toña o billarda, así llamada en los distintos departamentos de la Península Iberohispana. Durante el juego, las criaturas en fase inmadura se comportaban como si fuesen felices, y daban muestras de una respuesta biológica arcaica, que no conocemos las generaciones nacidas por cronoprogramación: se trata de la risa, que manifestaban con gestos, gorjeos y convulsiones por demás singulares. He aquí una rareza anacrónica, añadía el informante, merecedora de ulterior investigación.

Todos estos hechos han sido debidamente consignados en los informes de los relatores que obran en poder del Decisor de segundo nivel, a la espera de enjuiciamiento y dictamen conclusivos.

Los muertos

Ayer quisimos venir a verte. Traía conmigo un paquete de pañuelos de celulosa y un limpiador doméstico para dejar el mármol reluciente. Al bajar del autobús, quise comprarte un nardo, tu flor predilecta, en el puesto de flores, pero casi todas eran de plástico. Ninguna señal indicaba el camino que debíamos seguir, de modo que tomamos una dirección errada. Supimos que el ayuntamiento ha iniciado obras de mejora del cementerio. Las losas levantadas, el terreno a tramos removido, los fragmentos de mármol y granito amontonados junto a las viejas fosas me trajeron a la mente las fotografías de ciudades devastadas por los bombardeos que han ilustrado la prensa durante años. Un hombre con mono de trabajo subía la cuesta hacia nosotros enarbolando una sierra radial, que me hizo evocar ciertas escenas de cine gore.

Desde el autobús habíamos visto la zona noble de la antigua necrópolis, con sus panteones y sepulcros de piedra gastada por el tiempo; allí, un grupito de cipreses brindaba asiento y ocasión de descanso al visitante; había nobleza en el lugar. Recordé con añoranza la quietud del cementerio judío de Praga y la belleza melancólica del cementerio del Père Lachaise. Pero ahora caminábamos por el cementerio civil y pasamos junto a una hilera de tumbas nuevas, cerradas por losas de granito pulidas como encimeras de cocina; los ramilletes de flores chillonas eran de plástico. De vez en cuando, un arbolito de ramas asfixiadas nos ofrecía una sombra mezquina, que apenas conseguía filtrar el sol despiadado de la tarde. Yo miraba a Marco, que me seguía trabajosamente en silencio, con una sonrisa estoica. Arrastraba los pies dolientes sobre la empinada senda polvorienta. Temí por su viejo corazón. Al final maldije mi incapacidad para orientarme y me declaré perdida. Regresamos a casa en metro.

Sé que es injusto, pero estoy enfadada. Me abandonaste muy pronto. Ahora tú estás en ese nicho sin flores en compañía de papá, ignoro si lo habrías querido así. Luego se fueron yendo los otros. Pienso en todos los que me precedieron, desperdigados en una diáspora funeraria: tus padres en un cementerio clausurado de una ciudad lejana; el otro abuelo en una fosa clandestina junto a cualquier carretera polvorienta; de la abuela no sé nada. Las cenizas de tu hijo primogénito alimentaron a los peces en el mar. Mi hermana pequeña ha sido la última en irse; eligió reposar en un apacible camposanto del norte, con la familia de su marido.

En la nueva generación no se habla de los muertos, nadie quiere recordar, hacer una dedicatoria, un pequeño gesto *in memoriam*. Me doy cuenta de ello y comprendo que, en cierto modo, ya estoy medio muerta. No sé adónde irán a parar mis restos, ni siquiera si alguien a quien haya amado estará conmigo en mi última morada.

Mis palabras

Otros las pronunciaron primero, las escribieron en noches de insomnio, les dieron un sentido o un color nuevos, las recrearon con devoción en su mente para combinarlas en párrafos, narraciones y poemas que han acompañado la epopeya humana a través de los siglos.

Son las palabras escuchadas a una abuela con deleite porque nos sonaban arcaicas —ea, hermanico, chanchi—, las que nos arroparon de niños y repetimos con ternura al ser amado —cielo, tesoro, mi vida—, las que, por venir de un habla local desconocida, nos provocaron risas maliciosas —tartaruja por tortuga—, las que nos arrojaron como dardos para herirnos —gafotas, ingenua—, las que usamos orgullosamente a los quince años y nadie pronuncia ya —fardar—, las que un amigo nos trae con aromas de ultramar —chama, arrecho, bojote, cambur—.

Algunas nos son especialmente dilectas sin que sepamos la razón, quizá porque suscitan evocaciones secretas. Limpio como un cristal, claro como un silbido. Digo magnánimo y pienso en mi padre, digo melancolía y es el hilo conductor de mi existencia, digo luminosa y oigo de nuevo la risa fraterna. Adoro arrebato, epifanía, alba, brisa, rocío, marina, zaguán, huerto, ternura, piedad.

Nunca son solo mías. Son las palabras de la tribu. Ellas me pueblan, me fecundan, inspiran y humanizan ese ente proteico que es mi yo. He aprendido otros idiomas y por sus aguas he navegado a placer, pero siempre recupero con gratitud esta hermosa lengua mía. Dicen que la lengua es la patria. No menos de veinte países y cerca de seiscientos millones de hablantes son mis compatriotas.

Política por vocación

Desde que saltó el escándalo, fotógrafos y reporteros se agolpaban a la puerta de la vivienda por turnos, haciendo guardia permanente. Afortunadamente el marido, postrado en cama por una larga enfermedad, apenas se enteraba de nada. Ella optó por no salir de casa. Incrédula, pegaba la cara al cristal de la ventana, corriendo furtivamente los visillos, para comprobar que no era un sueño, una pesadilla. Al principio atendía las llamadas telefónicas, incluso las hacía ella intentando obtener información o pistas del curso de las investigaciones. Acudió a sus más allegados: su antiguo mentor Carlos Arnés, la teniente de alcalde Mamen Victoria, incluso el que todos consideraban su delfín y heredero, José Nuño. Descubrió entonces cómo antiguos protegidos, gentes que le debían todo cuanto habían conseguido en política y que en los buenos tiempos no cesaban de adularla, le daban ahora la espalda, levantaban muros, se lavaban las manos. Tras un áspero intercambio de recriminaciones y evasivas con Tesa Moreno, la que fuera su íntima amiga y colaboradora durante años, se rindió a la evidencia. Entonces desconectó todos los teléfonos. Se sentía traicionada. Había dado sus mejores años al servicio de esa comunidad que ahora se volvía contra ella, como perro rabioso que muerde la mano que le da de comer.

Recordaba sus primeros años en el ayuntamiento. Había llegado henchida de ideas nuevas, entusiasmo y energía. Su franqueza chocó enseguida con unas prácticas que contaminaban como una infección insidiosa el tejido de la clase política. La nueva alcaldesa era honrada, y no aceptar sobornos ni corruptelas equivalía a declarar una guerra abierta a los grupos de poder. Encontró innumerables obstáculos e impedimentos para actuar. Y bien sabía ella que la política, o es acción, o no es nada. Así que, poco a poco, la experiencia y cierta ironía relativizadora le ayudaron a encontrar atajos para no incomodar a los potentados. Aprendió a mirar hacia otro lado cuando era imprescindible para conseguir objetivos prioritarios. Se convenció sinceramente de que el fin justifica los medios. Se vio obligada incluso a aceptar regalos para no desairar a los poderosos. Bien es verdad que jamás se embolsó un céntimo que no le correspondiese.

Su gestión había sido notable, todas las encuestas la respaldaban y su popularidad era de tal magnitud que le permitió llegar a la cuarta legislatura de la alcaldía. Cuando pensaba en todo esto, por encima de la inquietud ante su propia situación, lo que ahora la enardecía era un profundo desprecio hacia la hipocresía de sus antiguos colaboradores. «Carne de esclavos», se decía.

Al fin le concedieron la cita para celebrar la ansiada entrevista con el presidente. Todo cuanto deseaba era explicarse, hacerse entender. Estaba dispuesta a aceptar la salida que le indicasen para no perjudicar al partido. De incógnito y protegida por cautelosas medidas de seguridad, salió del piso para viajar hasta la capital y alojarse en un hotel tan confortable como discreto.

Por la mañana, el secretario la encontró sin vida. Según el informe forense, le había fallado el corazón. La noticia conmocionó al país. En el transcurso de las investigaciones, se supo que aquella noche hizo una única llamada desde la habitación, a un teléfono celular de prepago imposible de rastrear.

Bodegas

Nada deja una impronta tan fuerte como los alegres días idos de la infancia; las austeras llanuras de la tierra paterna las llevo secretamente prendidas en el corazón, como una plegaria. Allá, en la bodega de la abuela, brota mi primer recuerdo del aroma a mosto, ese néctar que ha bendecido las mejores épocas de mi vida. El encargado me lo daba a probar; denso y oscuro, me atraía y a la vez repelía su fuerte olor a fermentación, y siempre me mareaba un poquito. La Floren era más decidida. Me tomaba de la mano y me arrastraba detrás de las grandes cubas de cemento, o revolvía en las banastas de uva recién cogida sin prestar atención a las manchas violáceas que la fruta dejaba en su ropa.

De su mano, estudié enología y acabé trabajando para una bodega bordelesa, lo que me permitió viajar por Francia. Allí me enamoré. Allí me sumergí en el enigmático mundo de los olores y de las emociones, de las huellas que aquellos imprimen en nuestra memoria. Aprender a descifrar y poner nombre a estos enigmas es la tarea del enólogo.

Muchos años después mi única hija, nacida y criada en Burdeos, se dejó tentar por una suerte de añoranza romántica y decidió instalarse en esta comarca orensana, para rescatar del olvido unos viñedos abandonados. Sagrada ribera. Nunca le dije cuánto me costó acompañarla en los primeros pasos de su andadura. Temía por ella y por el fracaso de sus ilusiones, claro, y además todo me resultaba desagradable. La humedad, el olor a moho constante, la estancia de piedra mal caldeada y falta de ventanas. Yo añoraba el aire seco y limpio de los llanos. Poco a poco conseguimos reforzar los *socalcos*, introducir cepas nuevas de mencía, sanear la bodega y hacer confortable la parte dedicada a vivienda.

Me gusta sentarme al atardecer en un pequeño mirador que hay junto a la casa, y aspirar los efluvios de la uva que madura en los bancales. Una luz de oro acaricia los viñedos encendiendo de rojo la densa alfombra vegetal que desciende hasta la ribera; desde aquí puedo ver cómo el río vehemente, un zarpazo culebreando en la Tierra, se junta con ese otro anchuroso de aguas calmas: la cinta de plata que el dios regaló a la ninfa Gallaecia para consolarla.

Cualquiera escogería este paisaje tan hermoso para vivir sus últimos años. Yo me siento en el mirador, me sirvo una copa de vino y, en secreto, dedico un brindis a la sobria tierra manchega de mi padre.

Por lástima

Solo muy tarde comprendió que las relaciones que había mantenido durante toda su vida habían estado presididas por la lástima.

Con buena intención pero dudoso acierto, su madre le había inculcado desde muy niña la obligación de atender y brindar cariño a un padre al que, señor a la antigua como era, «no se le daban bien los niños». «Tú lo comprendes mejor que tus hermanos, dale la mano a papá, que va solito». Llegó a ser la predilecta del padre y aquella relación sesgada desde el principio, una mezcla de cariño y piedad por el lado filial y de agradecimiento y sobrevaloración por el lado paterno, la marcaría para siempre.

Pasó por alto los caprichos de la hermana mayor en cuestiones económicas, que a punto estuvieron de arruinar el patrimonio familiar.

Conmovida ante los efectos devastadores que tenían la conducta extravagante de una pareja irresponsable y la amargura de un hogar desestructurado, decidió adoptar al hijo de unos conocidos, al que siempre trató de aconsejar con generosidad y afecto.

Asistió con lealtad ejemplar a su jefe, un constructor corto de escrúpulos y largo en aspiraciones que acabó teniendo problemas con la justicia. Ella lo respaldó mientras pudo y, a diferencia de otros empleados que se apresuraron a hacer leña del árbol caído, se mantuvo compasivamente fiel hasta el final y ocultó información comprometida para protegerlo, aun a riesgo de sufrir ella las consecuencias.

Soportó las infidelidades de su primer novio, no por amor ni por dependencia, sino por la conmiseración que le inspiraba aquel hombre esclavo de la sensualidad y poco dotado para la vida social. Escogió creer que, sin la moderación que ella le aportaba, sin su compañía fraternal, él se habría echado a perder irremediablemente.

Ni siquiera prescindió de la compasión la noche aciaga del atraco en el portal de su casa. En el forcejeo se deslizó hacia atrás la capucha que ocultaba el rostro de su agresor y, al ver la angustia que reflejaba aquel semblante, casi el de un niño, se apiadó, dejó de resistirse y le entregó todo el dinero que llevaba encima.

Estando ella en la plenitud de la madurez, su marido empezaba a recorrer la milla verde, ese camino sin retorno, de inapelable final. Se entregó con generosidad a su cuidado. Ahora se preguntaba si la pena que sentía era proporcional a las dolencias del otro o si no estaría lastrada por el eterno componente, por esa emoción propia de su temperamento o de su carácter que había contaminado todos sus afectos, desde el primero que recordaba hasta el último.

Reivindicación de María

León, diciembre de 2016. Cuatro grados bajo cero. Las torres altivas de un templo rompen el aire helado de la mañana. Protegida bajo la advocación de Santa María, esta catedral gótica recibe también el nombre de Pulchra leonina por estar dos veces bendecida: cuando la construyeron en el siglo XIII y después de la última y arriesgada reconstrucción en el XIX.

La arquitectura interior es un prodigio de desmaterialización: los muros se han retraído para ceder sitio a los vitrales coloreados, una de las mayores colecciones de vidrieras medievales del mundo. Admira el sabio uso que se hace de la luz, metáfora de la divinidad. El crucero se sitúa en el este, de modo que el altar, centro del culto, recibe los primeros rayos del sol de la mañana. En el extremo contrario, un magnífico rosetón enciende con un caleidoscopio gigante la nave principal al atardecer. Los vitrales orientados al sur son de colores cálidos, rojos y anaranjados, y sus destellos irradian este lugar de oración. En los que reciben la tibia luz del norte predominan los tonos fríos, azules y verdes, porque aquí están representados los profetas y padres del *Antiguo Testamento*, que por ser anteriores al advenimiento de Cristo no han sido alumbrados por la luz que da la vida.

En las figuras escultóricas se hace patente la corriente humanista del arte gótico: en el canon alargado de la talla,

en el volumen de los pliegues de la ropa, en la espirituali-
dad de los gestos y la sonrisa. Los signos de temor ante el
Juicio Universal propios del románico han dado paso a una
belleza positiva, gestual, orgánica, amorosa.

Se ha dicho que toda catedral gótica es un palacio de la
Virgen. La de León está presidida por una bella imagen de
la Virgen Blanca o Virgen de las Nieves. Cuenta la leyen-
da que un anciano y acaudalado matrimonio de la nobleza
patricia de Roma, que no había tenido hijos, rezaba para
decidir qué debían hacer con sus bienes. La Virgen se ma-
nifestó ante ellos y les indicó que, allá donde señalara, se
le construyese un templo. Y al día siguiente, una calurosa
jornada de julio, una colina de Roma apareció cubierta por
la nieve.

En una de las capillas que recorren la girola, otra imagen
llama la atención, tal vez por menos usual o por la dulzura
de su gesto: María, embarazada, se acaricia el vientre como
queriendo proteger el tesoro que lleva en su interior. Es
la Virgen de la Expectación, de la Esperanza, de Gracia o
de la O, que todos esos nombres recibe según la variante
y el lugar. A partir del siglo XVIII decayó su culto, cuando
los médicos empezaron a atender los partos en sustitución
de las comadronas, por lo que, en cierto modo, el alum-
bramiento dejó de ser un asunto enteramente femenino.
Es inevitable reflexionar acerca del elogio y la exaltación
que se hace de la mujer embarazada en nuestra sociedad
occidental. ¡Qué poco saben esas mujeres, orgullosas de
su estatus y protegidas por las leyes, cuánto deben al culto
mariano!

Y es que para los ciudadanos de un siglo en el que, como vaticinó Nietzsche, Dios ha muerto, no resulta fácil aceptar en toda su dimensión lo que representa histórica y socialmente el símbolo de la Virgen María. Sin embargo, su fuerza y penetración han hecho cambiar el modo en que los pueblos consideran y tratan a la mujer, dulcificándolo y humanizándolo.

Frecuentemente se acusa a la Iglesia católica de retrógrada, de cómplice del poderoso, y muchas veces con razón. Pero hay que poner las cosas en su contexto histórico y geográfico, comparar sociedades de una misma época, para apreciar las diferencias entre ellas.

Hay que entender de dónde venimos. De tribus bárbaras que, en los albores de la conciencia y del pensamiento simbólico, perciben con asombro y espanto que la hembra es dueña del mayor don que la especie puede imaginar: es la portadora de la vida. En esa lenta y dolorosa evolución de los homínidos hacia un estadio humano, debieron transcurrir siglos hasta que finalmente se comprende la intervención del macho en la concepción del nuevo ser, al relacionar secuencialmente el acto del coito con la interrupción de las menstruaciones y con el momento del parto; y es entonces cuando el hombre quiere controlar, recuperar el dominio sobre su descendencia. Ahí se basan la brutalidad y el odio infligidos a las mujeres en prácticamente todas las sociedades prehistóricas e históricas hasta la llegada liberadora de esa corriente, la más revolucionaria conocida, que barre como un huracán las tierras desoladas de Europa y que llamamos cristianismo.

Solo de aquel afán por detentar el control de la estirpe podrían derivar prácticas tan extremas como la ablación del clítoris (con el fin de reducir el placer femenino y hacer a la mujer menos activa sexualmente), la infibulación (terrible operación que mutila los genitales femeninos y hace que cada coito sea un auténtico calvario, con la secuela de padecer infecciones de por vida) o el cinturón de castidad (que asegura al caballero la fidelidad de la esposa mientras él va a guerrear). Los episodios actuales de la llamada violencia de género no serían otra cosa que los últimos coletazos o residuos de aquel odio, de aquel pavor ancestral.

No obstante, quiso la fortuna que, hace aproximadamente dos milenios, un pueblo de nómadas que sobrevivían penosamente en medio de un desierto fraguaran el relato histórico o mito de Jesús, Dios hecho hombre nacido de mujer.

Antes de morir en la cruz, Jesús le dice a María señalando al discípulo amado:

—Madre, ahí tienes a tu hijo.

Y luego a Juan:

—Hijo, ahí tienes a tu madre.

Por la gracia de estas palabras una mujer, la madre de Dios, será ya para siempre madre de todos los hombres, haciendo posible la redención. ¿Hay religión de simbolismo más rico, de alcance más profundo?

Esta impresionante alegoría se viene representando sin cesar en nuestra historia en dos vertientes artísticas: la Pietà o Piedad, escenificación pictórica o escultórica del Descendimiento, en la que María y Juan rodean el cuerpo de Cristo; y el *Stabat Mater*, composición musical que no es otra cosa que una plegaria por el sufrimiento de la Madre, de la que —en una fascinante pirueta de inversión simbólica— nos compadecemos sus hijos, los seres más desvalidos.

Las ideas tardan en impregnar la realidad, y no será hasta la llamada Baja Edad Media (aprox. 1250 d. C.), considerada por algunos como el verdadero Renacimiento, cuando penetrará en las mentes de nuestros antepasados, al principio tímidamente, la idea de honrar a la mujer. El mundo expande sus fronteras con el auge del mercantilismo; los relatos de caballerías proclaman el amor y el respeto a la amada. Es entonces cuando se difunde el culto a la Virgen y, precisamente, también a los Santos como vía de comunicación añadida del pueblo con Dios.

Son innumerables las advocaciones del culto mariano, e incluyen casi todas las manifestaciones de consuelo y protección que un ser humano puede necesitar. Durante siglos, las niñas del mundo cristiano han sido bautizadas con el nombre de María seguido de una referencia a un lugar o fenómeno natural relacionado con su culto: Rocío, Valle, Llanos, Mar, Aurora. En las letanías del Rosario, la devoción popular alcanza momentos de gran expresión lírica al desgranar figuras retóricas: rosa mística, torre de marfil, casa de oro, arca de la alianza, puerta del cielo, estrella de la mañana…

El último verso de la oración litúrgica Salve Regina reza así:

«O clemens, O pia, O dulcis Virgo Maria».

Una casa en la playa

Nos enamoramos de la bahía de Forjada en cuanto la vimos. Fue durante el invierno más dulce, no solo por el clima sino porque en aquella época nuestro matrimonio se recuperaba de una profunda crisis. Al bajarnos del coche después de atravesar la sierra de cumbres nevadas, fue una sorpresa poder pasearnos por la playa con los pies descalzos y en manga corta, recibiendo en la cara la suave brisa del sur, que nos parecía traer consigo aromas africanos. Bajo el manto de calima que se perdía en el horizonte, el agua era un espejo calmo, salpicado aquí y allá por puntitos de luz que señalaban el leve movimiento del agua. Ni siquiera me importaron los guijarros negros que suplantaban la arena blanca y fina de las playas atlánticas de mi niñez.

Estaban los chiringuitos: de adobe y cal, con sus techumbres cónicas de paja y sus cortinas de buganvillas fucsias, rojas y anaranjadas. Entre ellos y el mar, palmeras y sombrillas de paja ayudaban a conformar un decorado tropical. Después del baño nos sentábamos a tomar una cerveza contemplando aquel paisaje. Escuchábamos el latido del mar y nos dejábamos acariciar por la brisa.

Los meses de la mudanza fueron los más entusiastas. Montamos armarios de bricolaje, buscamos lámparas por los mercadillos locales, hicimos enmarcar lienzos y fotografías;

candorosamente, confundimos la decoración de un apartamento con la consolidación de un hogar.

El segundo año sobrevino la catástrofe. Un movimiento de tierras provocó que se desplomaran varias viviendas de la urbanización, y las investigaciones posteriores desvelaron que la constructora había edificado en un suelo no apto para ello, estafando a los particulares con la connivencia de los técnicos y arquitectos municipales. Iniciamos un calvario de inspecciones, demandas y juicios. Al final, los propietarios embaucados renunciamos a toda indemnización y reclamamos tan solo que el ayuntamiento nos autorizase a abrir una nueva salida a la playa dando un rodeo para evitar la vaguada de escombros. Entretanto, las instalaciones de la comunidad se fueron deteriorando a medida que los vecinos se dejaban vencer por el desaliento. Los jardines se veían descuidados, las palmeras languidecían. Una primavera nos encontramos la casa tomada por una familia de rusos.

No he vuelto a ir a Forjada. Mis antiguos vecinos me siguen dando noticias. Por ellos sé que el alcalde ha autorizado al fin la construcción de la nueva carretera tantos años esperada, y que los ocupantes ilegales de nuestra casa son ahora dueños del chiringuito que más nos gustaba, aquel con la buganvilla de color sandía y las colchonetas a rayas blancas y amarillas.

Vida de una mujer

No le permitieron estudiar la carrera de Medicina. La idea de que una mujer estudiase anatomía y pudiese explorar los misterios del cuerpo humano resultaba escandalosa. Ningún pretendiente le gustó lo suficiente como para entregarle su bien más preciado, y el que ellos codiciaban sobre todo: su independencia de carácter. Ella habría preferido considerarse, ante todo, persona. Pero eran tiempos difíciles para las mujeres que querían seguir su propio camino. Le pareció que el convento era la mejor opción. Contribuyó a fundar una pequeña orden religiosa que, precisamente por estar naciendo, no había alcanzado un grado excesivo de corrupción y servilismo. De los tres votos sagrados, castidad, pobreza y obediencia, era este último el que más le costaba asumir. Su inteligencia más práctica que especulativa le allanó el camino. Llegó a ser la tesorera del convento y mano derecha de la fundadora.

Descubrió en aquellos años otra vocación, una pasión que llenaba de fuego sus días: la arquitectura. Así, diseñó y contribuyó con sus manos a construir la casa madre de la Orden en un terreno bien escogido junto a un pueblecito de montaña. Plantaron un huerto, criaron conejos, gallinas y alguna oveja, que vendían en las ferias vecinas o de los que aprovechaban la carne, los huevos y la leche para su sustento. El contacto con un emprendedor que estaba secretamente enamorado de la hermana ecónoma les brindó acceso a la industria naciente de los peluches. Aprendieron a rellenar ositos. En los momentos de economía difícil, cuando se retrasaban los pagos, ella seguía siendo responsable de alimentar a las jóvenes novicias que estaban a su cargo. Sabía convencer al director de la oficina bancaria local para obtener préstamos que se encargaba de devolver respetando escrupulosamente los plazos establecidos. Eso le granjeó reputación de fiable y le dio prestigio y respaldo para abordar empresas mayores.

La orden creció y hubo de adaptarse a los cambios. Abrieron residencias universitarias para chicas. Eran los tiempos de las carreras delante de la policía a caballo, de la lucha callejera con adoquines, de la píldora y de la consigna haz el amor, no la guerra. Marina supo defender a más de una pupila frente a la intransigencia de unos padres con ideas de otra época. En los estertores de una dictadura que agonizaba, se sintió obligada a esconder panfletos de propaganda bajo los hábitos para proteger de la inspección policial a alguna joven con más fogosidad que entendimiento.

La teología de la liberación pasó como un huracán por aquellas vidas conventuales. Muchas sucumbieron a los cambios, que revolucionaron profundamente sus vidas. Marina siempre había capeado el temporal poniéndose a favor del viento, pero en esta ocasión no supo virar con la presteza exigida y la revolución se llevó por delante su fe. Pidió licencia para salir de la Orden, y en aquella fuga le siguieron otras religiosas más jóvenes, que formaron un grupito bajo su tutela. Ella les aconsejó en la elección de estudios o profesiones que les permitiesen insertarse con dignidad en la vida seglar. La acompañó en esta aventura, como en tantas otras, su antigua amiga y confidente del noviciado. Grande fue su dolor al saber, años más tarde, que se había juzgado con dureza esta relación. Algunos quisieron ver oscuras influencias en lo que era una amistad desinteresada, una fraternidad mística que había dado aliento a su vida de luchadora.

Aquel verano

———•———

El viejo cerezo dio tanta fruta aquel año que, temiendo que se echase a perder, hicimos confitura. Todos participamos recogiendo, lavando y deshuesando. Como si fuera hoy, veo cada arruguita de tu rostro afanoso mientras cerrabas los tarros y los esterilizabas en agua hirviendo.

Aquel verano quisiste pintar el agua. Lo más difícil era reproducir la luz. Esos reflejos cambiantes, esas transparencias. ¿Ves?, me decías, se diría que la luz no proviene del sol, sino del fondo del mar, de su interior. Salíamos temprano en busca de nuevas perspectivas. Yo te ayudaba con la caja de pinturas y el caballete; el lienzo era cosa tuya. En las playas solitarias de la parte de atrás encontrábamos lugares recónditos. Mientras pintabas, yo recogía conchas y caracolas. Pequeños cangrejos corrían a refugiarse bajo las rocas dejando en la arena las huellas de su andar ladeado. Tú trabajabas concentrado hasta que la luz cambiaba lo suficiente para impedirte continuar. Entonces nos zambullíamos sin ropa. Sentía dedos de hielo resbalando sobre mi piel desnuda. Nos secábamos al sol. Si me sentaba cerca de la orilla y cerraba los ojos, las voces de las gaviotas me parecían quejidos humanos.

Los chicos nos regalaron una fiesta sorpresa de aniversario. La habían organizado en secreto durante semanas. Engalanaron el patio con luces y velas. Ale preparó la tarta de chocolate que me gusta. Había champán y en el reproductor sonaban las canciones de cuando éramos novios. Se me escaparon unas lagrimitas, y entonces me sacaste a bailar.

Trabajé mucho al piano durante semanas. Me sosegaba tocar por las tardes sin tener una audiencia en particular, pero sabiendo que os gustaba escuchar mis notas mientras estabais a lo vuestro, yendo y viniendo por la casa.

En las noches de agosto, bien abrigados para protegernos del relente, nos sentábamos en el porche a ver las estrellas. Brillaban intensamente en aquel cielo incontaminado, sin luces ni otras señales del humano ajetreo. Me gustaba imaginar que eran las almas de los ausentes, y que en el oscuro manto de la noche se abrían agujeritos para que ellas pudiesen asomarse.

Cuando llegaron las lluvias, Carlota se fue al sur. Se acabaron las largas horas de estudio y las intensas charlas acerca de su futuro. Los pájaros abandonan el nido, nos repetíamos, sin querer creerlo del todo.

Vino la tía a pasar unos días con nosotros. Ninguno sabíamos que sería la última vez. Como todos los años, la llevamos a visitar el cementerio de indianos. Buscamos el momento del atardecer. Pero mirad esta hora bruja, nos decía, en un sitio así querría yo descansar en paz. Los últimos rayos de luz corrían a esconderse ladera abajo, dejando el valle entre sombras. Como si de pronto tuviesen frío, las tumbas se apretujaban junto a las ruinas de la iglesia.

Bajamos luego a la villa y buscamos aquella tasquita en la que solíamos degustar vinos y tapas. Teo brindó por seguir siempre unidos. Que nada cambie nunca. Tu sonrisa era dulce, pero tenías la mirada en otro sitio. Pensé entonces que siempre y nunca son dos maneras de decir lo mismo.

El tiempo corre

Corre, corre, correhuela,
savia que late constante.
Rayo de sol en mi patio,
alegría de mis tardes.

Gritos, risas y canciones:
juegan niños en el parque.
Ajetreo sin propósito,
regocijo sin desaires.

Loco viento en los castaños.
Atentas miran las madres.
Brocal del pozo, secreto
que remueve intimidades.

Serán adultos mañana,
tendrán fatigas y afanes,
urdirán lides y amores,
se sentirán importantes.

Dicen que el tiempo vuela
pero el joven no lo sabe;
su horizonte es infinito,
su energía, indesmayable.

También fui joven un día.
Me sentí vana o culpable.
Perseguí banalidades,
busqué enigmas en el Arte.

Corazón de piedra a veces,
en ocasiones amable.
Trabajé por un salario,
viví un gran amor y amistades.

De algunas guardo memoria.
Otras fueron como el aire
que pasa pronto, se olvida
y no lo lamenta nadie.

Caminarán multitudes
antes que el péndulo pare
o que la rueda detenga
su voltear incesante.

Caer subiendo a lo alto,
desear sin tener hambre:
el nudo de este embrollo
que alguien lo desentrañe.

Corre, corre, correhuela,
fresco descanso, no tardes.
Sombra que acecha en mi patio,
sé leve cuando me alcances.

Epílogo

Algo me hace pensar que Isabel y Clara son la misma persona y que a las dos les gusta jugar al despiste. Les puede divertir pensar que tratamos de saber quién escribe este u otro relato y que seguramente nos equivocamos. Si no, no hay diversión, no hay juego, no hay adivinanza. Y conociendo un poco a las autoras demediadas, ellas negarán que exista esta especie de dualidad intencionada. Dirán que no quieren que caigamos en ninguna trampa aunque, en el fondo, les encanta el misterio.

Aceptamos pues la hipótesis de unicidad, sobre todo porque estas líneas no están pensadas para contradecir, sino para abrazar, como una fe, los textos que tan amorosamente han sido escritos y ahora se quieren compartir.

Digamos desde ya que Isabel/Clara sale a nuestro encuentro para que la conozcamos un poco más o bastante o mucho... hasta donde ella se deje y quiera, porque es mucho lo que expone aquí con insistencia, especialmente cuando deja traslucir los entresijos de un alma inquieta que ha explorado su mundo interior.

Un aire de nostalgia nos irá sirviendo de hilo conductor en la lectura. O quizá de morriña ya que tan apegada está a esa tierra que inventó el término. Pero, ¿nostalgia de qué? ¿De lo vivido, de lo no vivido, de lo vivido y no completado, de lo que podría haber sido y no fue? Porque las expectativas que le ha propuesto la vida no llegan a colmarse. Me gustaría pensar que algún deseo por cumplir, algún camino por andar, alguna palabra aún no dicha o beso o abrazo no dado pueda cumplirse y explote en su mundo particular de tal forma que saque a la superficie ese grito ahogado lejos de esa corrección tan cómplice, tan educada o tan domesticada internamente que tuvo quizá un sentido, pero que poco a poco cede ante otros afanes o intereses.

Este sentimiento nostálgico impregna las escenas recurrentes sobre la infancia, el amor, el matrimonio, la pareja, la amistad, asentados en un ambiente burgués en los que la narradora se ve sostenida, acomodada y amparada, lo que no excluye cierta crítica. Sirva de ejemplo el confort engañoso de esos ambientes ordenados, amorosos y felices, en los que las apariencias formales no logran satisfacer las promesas idealizadas, que se rompen ante la realidad. Aparece entonces una rutina y un hastío aburrido y solitario.

La mujer de la que se nos habla sale a la superficie y pide ser valorada no sólo por su apariencia externa o por su gusto por la decoración del hogar o por la aceptación de las convenciones tradicionales, sino también por su triunfo profesional, y validada por sus pares en el ámbito laboral.

Casi siempre tiene que haber un triunfo. No es plenamente ella más que cuando se muestra haciendo frente a una rivalidad y dualidad. Soy deseada o no soy. El resto son mujeres sufrientes, vengativas, olvidadas sexualmente, humilladas físicamente por compañeros que no están a la altura y que sistemáticamente suelen estar abducidos por la eterna mujer arrebatadora que no se parece a la propia.

Es también la misma mujer que puede arruinarse o minimizarse como ser individual cuando se empareja.

La pareja no se sostiene en la rutina del tiempo para la que fue creada. Es tanto un fracaso personal como social. La convivencia está siempre tambaleándose, oscilando sin rumbo. El amor, o la evocación idealizada de él, se distrae, avanza y retrocede.

Tomados por la segura mano de la autora, avanzamos por prados, mares y tierras que van decolorándose desde el norte gallego hasta la Mancha y otros territorios foráneos que nos acogen con amor, llenos de recuerdos envueltos en la cobertura del paso del tiempo e impregnados de olores, sabores, colores de una naturaleza muy querida. El lugar mesetario y el mar. Este último, en su vertiente simbólica, es un dominio de los imponderables que acechan al hombre y también un lugar placentero y ambivalente. El cuerpo se sumerge en el agua y la mente sale recreada en pensamientos y reflexiones que apenas se comparten. El mar es un lugar especial, como lo son las habitaciones de las casas en las que se ha crecido, ya sean propias, reales o soñadas. Vuelvo al mar para decir que, a veces, lo apacigua el viento vivificante del nordés y se cree entrever una tregua en el ánimo, un sosiego en esta paseante que se deja sorprender en su andar inquisitivo.

En ese andar del pensamiento reflexivo, la escritora nos introduce en un convento, una catedral, un rito religioso que otros han abrazado por la fe mientras ella lo hace suyo por su contenido estético ya sea de la vida monacal o de la impresión que produce la belleza encerrada, aunque abra ligeramente sus puertas para producirnos una emoción.

Siempre enganchada por las emociones, por las sensaciones o por los quiebros del alma, la paseante nos presenta la muerte que campa a su antojo sin amarras ni grilletes. La muerte es la culminación de la soledad, la misma con la que hemos nacido asustados y que por el camino tratamos de sustituir con el amor, la amistad, el compromiso, incluso con los rituales de lecturas, músicas o experiencias amables.

Se pasa con mucha facilidad del yo narrador masculino al yo narrador femenino. No se evidencia en cual se siente la escritora más a gusto o si es uno de sus guiños intencionados para que le señalemos en dónde la preferimos, o nos congraciamos, o acaso puede ser su consabida dualidad como cuando quiere pasarse por Clara sin dejar de ser Isabel... Lo mismo ocurre con el uso de la primera o la tercera persona.

Se trasluce una especie de pudor. La narradora escribe sin querer molestar. Refleja un afán por romper las riendas para volver a ellas como una suerte de caos dentro de la domesticidad. No hay brusquedad, ni movimientos volcánicos. Aunque sí un atisbo de lava que se desliza sin freno por la ladera del alma. También hay suavidad, dulzura e intimismo y presencia de los yo interiores debatiéndose quién sabe si en un combate estéril como sucede en cualquier vida.

¡Todo queda por decir! Es, por tanto, mucho mejor leer y saborear las experiencias tan personales que nos transmite la autora. Tanto si tomamos distancia como si nos implicamos podremos coincidir con ella y sus inquietudes, con una manera de ver el mundo sin juzgar en demasía, sin juicios de valor en ese caminar pausado y elegante que concentran sus relatos. Es muy intimista. Además, escribe que da gusto, con orden y pausa, con conocimiento de lo que quiere decir. Ama la lengua, busca las palabras hasta quedarse con una y no con la primera que le sale al encuentro. Es muy precisa. Entrelaza las frases cortas y las largas con conocimiento. Va al grano y tiene unos finales inesperados en ocasiones. También es muy transparente y, cuando quiere, misteriosa.

Quizá quiera Isabel/Clara entenderse a sí misma al mostrarse con valentía mediante la escritura, quizá necesite otros puntos de vista y apela a los posibles lectores, quién sabe si quiere ser una exhibicionista o complicarnos la vida y que pensemos que hay múltiples caras y que el ser humano, ella incluida, es mucho más poliédrico de lo que pensamos. Siendo su vanidad comedida y en las dosis apropiadas, cual experimento de boticaria, leemos estos relatos con el placer de disfrutar de un tiempo subyugante y cautivador.

María Piniella del Valle

Índice

Desafinado se terminó de imprimir
en Madrid en octubre de 2024

Opera Prima

www.operaprima.es